copyright © The Melmac Cat 2022
themelmaccat@gmx.com
Tous droits réservés. Ce livre, ni aucun extrait, ne peut être reproduit ou utilisé sans une autorisation écrite du propriétaire des droits (auteur ou éditeur), exception faite de brefs extraits pouvant être reproduits dans des articles de presse, des conférences ou des livres scolaires.

© Patrick Coulomb, 2022
Édition : BoD – Books on Demand, info@bod.fr
Impression : BoD – Books on Demand, In de Tarpen 42, Norderstedt (Allemagne)
Impression à la demande
ISBN : 978-2-3224-1979-1
Dépôt légal : mai 2022

Du même auteur

Pourriture Beach, L'écailler du Sud, 2000
L'illusion du belvédère, L'écailler du Sud, 2003
Voir Phocée et mourir, L'écailler du Sud, 2005
L'inventeur de villes, Gaussen, 2013
#TCDJ - Le Titre Con Du Jour, Ensemble, 2015
La résistible ascension de Marcello Ruffian,
Horsain, 2015
On l'appelle Marseille, Gaussen 2017
Les Marseillais – avec François Thomazeau,
Ateliers Henry Dougier, 2018
Le chemin le plus court n'est pas la ligne droite,
The Melmac Cat, 2020
La Porte des dragons, livre 1 & livre 2,
The Melmac Cat, 2021
Sardines – avec François Thomazeau et Thierry
Aguila – Cres, 2021

Le vortex des Réformés

*et autres chroniques marsiennes,
vraies ou fausses*

Patrick Coulomb

Melmac > Marseille
est une collection de
THE MELMAC CAT

*À Omar C.,
à Philippe C.,
à Laurent C.,
partis trop tôt*

*Pardon à Ray Bradbury,
et merci à Jimmy Guieu,
Cédric Fabre, Buffalo Bill
et Arthur Rimbaud*

Note de l'auteur
*Chroniques martiennes,
chroniques marsiennes*

Oui, pardon, donc à Ray Bradbury, à qui j'ai emprunté son titre. *Chroniques martiennes*. Un des plus célèbres parmi les livres fondateurs de la SF de la deuxième moitié du XXe siècle, publié en France en 1954 chez Denoël, premier titre de la collection « Présence du Futur » qui allait être appelée par la suite à faire découvrir aux petits francophones les bienfaits de la science-fiction…

Pardon aussi au traducteur de ces *Martian Chronicles* de Ray Bradbury, Henri Robillot de Massembre, cofondateur du Collège de Pataphysique et traducteur par ailleurs de Hammett, Goodis, Chandler, ou encore du fameux *Portnoy et son complexe* de Philip Roth.

Je ne dirai pas que j'ai honte, considérons cette évolution de « Chroniques *martiennes* » en « Chroniques *marsiennes* » comme une sorte d'hommage. D'autant plus logique que, comme l'a si bien chanté le groupe de rap, marseillais, IAM, Marseille est une planète à part entière… Bienvenue donc sur la « Planète Mars » et dans ces *Chroniques marsiennes*.

Pour rester dans le thème, il ne sera pas question ici d'une énumération touristique, ni historique, ni même politique (quoi que les politiques tiennent des discours parfois tout aussi surréaliste que certaines inventions de la SF, globalement moins crédibles toutefois…). Il sera question d'anecdotes, de phénomènes, de personnages disons, inattendus. Des ovnis, des dimensions parallèles, un diable, des Peaux-Rouges perdus, des rugissements de lion. Des vérités palpables, des vérités cachées, mais aussi, avouons-le, un joli nombre d'affabulations… Et même, en deuxième partie de cet opus, des « galéjades » parfaitement assumées. Autrement dit un grand n'importe quoi, vous êtes prévenus.

Reste juste une question : ce fameux « vortex » des Réformés, vérité ou invention ?

vortex – définitions

Interprétation picturale spiroïde tendant à montrer une description de l'infini.

Tourbillon creux qui prend naissance, sous certaines conditions, dans un fluide en écoulement.

Ensemble de nuages enroulés en spirale, spécifique d'une dépression.

Phénomène énergétique localisé qui se manifeste par un mouvement d'énergie ascendant ou descendant, et dont la circulation, de type circulaire, s'apparente à une tornade.

Lieu fort en énergie régénératrice qui aide à purifier le corps, l'esprit et l'âme. Un vortex apparaît lorsqu'il y a un déséquilibre localisé entre l'énergie tellurique et l'énergie cosmique.

Ouverture énergétique vers un autre monde, on peut les décrire comme une brèche éthérique vers une autre dimension…

LIVRE UN

Ici tout est vrai,
ou presque

1 – La sardine qui a bouché le port

Nous allons commencer par cette histoire-là, ainsi en serons-nous débarrassés. L'histoire de « la sardine qui a bouché le port » tient une bonne place dans la mauvaise image de marque de Marseille. Elle est un de ces sujets qui fâchent les Marseillais parce qu'il permettent de mettre le doigt sur leur sens inné de l'exagération (comprenez, parce que cela permet aux autres Français, Parisiens en tête, de se moquer d'eux) : cette fameuse sardine qui aurait bouché le port, ah ouais, quand même. Une sardine… C'est pas bien gros, une sardine, ça fait quoi, dans les sept à huit centimètres ? Une dizaine ? (Renseignement pris, ça peut aller jusqu'à vingt-cinq centimètres, pour les vieilles sardines, et encore, celles de l'Atlantique. En Méditerranée, *niet*). Donc, avec un petit poisson de, maximum, vingt centimètres, on aurait bouché le port de Marseille ? C'est sûr que là, question exagération, ils y vont fort les Marseillais.

Bon, voilà, le débat est posé.

Sauf qu'en réalité, les Marseillais le savent, ils peuvent sauter ce texte et passer directement au petit 2, ce n'est évidemment pas une sardine qui a bouché le port de leur ville. Il ne faudrait pas exagérer sur la capacité des Marseillais à exagérer. Quand ils le font, ils sont bien plus malins que ça, ils font en sorte de laisser à l'auditoire un doute suffisant pour que leurs *galéjades* (c'est un mot marseillais) soient crédibles ! Des histoires de sardines qui bouchent des ports ou de maquereaux qui dirigeraient des réseaux de prostitution, non. Ah, si, pour les maquereaux, le monde est étrange tout de même.

Donc, si aucune sardine n'est à même de boucher un port, que s'est-il passé pour que cette histoire soit rentrée dans la légende locale, voire nationale ?

Comme chacun sait, Marseille est un port, ça, c'est la vérité. Un port important en Méditerranée, le plus important même des décennies durant. A l'époque où se déroule notre histoire – à la fin du XVIIIe siècle – le port de Marseille commerce avec toute la Méditerranée, les « Echelles du Levant » (les ports de l'Empire ottoman) et au-delà. C'est le Lacydon (l'actuel Vieux-Port, au cœur de la ville) qui est l'épicentre de cette activité, c'est là que viennent charger et décharger les bateaux, c'est là que se concentre ce monde de la mer qui est la richesse de la cité phocéenne. Mais, pour rentrer dans le port, il faut passer un chenal, plutôt étroit, qui le protège...

C'est ici que va se dérouler le « drame ». En 1779, sous le règne de Louis XVI, le ministre de la Marine se nomme *Antoine de Sartine*. Si bien qu'un navire portait son nom, illustre, la *Sartine*. Or, la *Sartine* avait été affrétée pour un échange de prisonniers et, quelques mois plus tard, en mai 1780, le navire transporte le vicomte de Barras, officier commandant le régiment français d'infanterie de Marine de Pondichéry qui avait été capturé par les Britanniques l'année précédente, puis libéré. La *Sartine*, ramène donc en France cet officier libéré, mais se retrouve – d'après un malentendu rapportent les chroniques – sous le feu des Anglais… Le *HMS Romney* ouvre le feu sur la *Sartine* au niveau du détroit de Gibraltar. La capitaine est tué, ainsi que deux hommes d'équipage puis, s'avisant de sa méprise, le capitaine du navire anglais laisse filer la *Sartine* qui peut poursuivre sa route jusqu'à Marseille.

Mais les malheurs du vaisseau n'étaient pas terminés. Sans capitaine, la *Sartine* arrive bel et bien au port de Marseille, mais, sans capitaine donc, amoindri quant à ses capacités de naviguer au plus serré, une erreur de navigation l'envoie sur les rochers qui ouvrent – ou ferment, selon où vous vous placez – le chenal du port de Marseille. Le bateau coule. Et, de fait, bouche tant l'entrée que la sortie du port. La *Sartine* sera rapidement dégagée, treuillée et amenée à quai, mais le mal est fait : la *Sartine* a bouché le port deviendra vite « la sardine a bouché le port »…

Vous connaissez maintenant toute l'histoire, nous allons pouvoir passer à des mystères bien plus mystérieux.

2 – Le rhinocéros du château d'If

Puisque c'est sur un thème animalier que c'est ouvert cet ana (Ndlr, au cas où : « *un ana est un recueil d'anecdotes relatives à la vie, de faits notables, de récits piquants, de traits, de pensées, d'aphorismes* », nous précise le dictionnaire en ligne lintern@ute), puisqu'on causait bestioles donc, voici le rhino du château.

L'histoire se passe en 1516, sous François Ier. Rien à voir donc avec Ionesco ni avec le zoo de La Barben (où se situe un centre de reproduction des rhinocéros en partenariat avec « Save the Rhino »), mais tout à voir avec les têtes couronnées de l'époque. Cette année-là, le roi du Portugal, Manuel 1er, qui était très intéressé par les conquêtes asiatiques de sa flotte, avait notamment vu ses navigateurs mettre le pied sur l'île de Timor (dont la partie orientale est resté portugaise jusqu'en 1975). Pour se faire bien voir du pape, Léon X, ce roi, dont l'empire était fort vaste, s'étendant de l'Amérique du Sud à l'Extrême-Orient, décida d'offrir au boss de la chrétienté un rhinocéros (la belle bête est passée à l'immortalité grâce au graveur allemand Albrecht Dürer qui en fit son portrait à Lisbonne d'après des croquis anonymes). Ce rhinocéros venait du sultanat de Cambay (l'actuel Gujarat, au nord-ouest de l'Inde), il avait été offert au gouverneur de l'Inde portugaise à Goa, Alfonso de Albuquerque, par le sultan Muzaffar Shah II, pour s'excuser en quelque sorte, d'avoir refusé au Portugal de construire un fort sur l'île de Diu. L'animal et son cornac furent embarqués à Goa sur la *Nossa Senhora da Ajuda*, en janvier 1515, au sein d'une flotte rapatriant à Lisbonne épices et autres produits. Les vaisseaux firent escale à Madagascar, sur l'île de Sainte-Hélène et aux Açores. Quatre mois plus tard, le 20 mai 1515, la flotte arriva dans le port de Lisbonne. Le rhinocéros devint instantanément une sorte de vedette internationale. C'était un événement extraordinaire : on savait que cet animal existait (les chroniques rapportent celui de Pompée, celui d'Octave, celui de Domitien, qui fit frapper monnaie à son effigie, celui de Caracalla, tous présentés dans les arènes lors de jeux ou de cérémonies) mais on n'en n'avait pas vu en Europe depuis plus de mille ans, depuis 248 et les Jeux Séculaires qui marquèrent les mille ans de la fondation de Rome, sous le règne de l'empereur Philippe l'Arabe (il était né dans l'actuelle Syrie) pour lesquels une phénoménale ménagerie fut présentée aux foules impériales.

Bref, revenons à notre rhino du XVIe siècle… A peine arrivée de ses Indes natales, la pauvre bête, sorte de mythe, parfois confondue alors avec la licorne, fut l'objet de toutes les curiosités. Erudits et savants s'y intéressèrent, le roi organisa une parade dans les rues de Lisbonne, ainsi qu'un combat entre le rhinocéros et un éléphant, appartenant lui aussi à la ménagerie du roi, combat qui se solda par la fuite de l'éléphant vers ses quartiers et la victoire du rhinocéros par abandon, en somme.

Puis Manuel décida d'offrir le rhinocéros au pape Léon X, un membre de la famille Médicis dont il entendait solliciter l'appui afin de garantir les droits coloniaux du Portugal. En décembre 1515, notre pauvre bête (je dis pauvre, non seulement pour ses tribulations bien loin de son Gujarat natal, mais aussi pour son horrible mort, vous comprendrez bientôt) embarqua, parée de velours vert, à bord du *João de Pina*. Suivant la chronique, le pape Léon X, à qui Manuel avait déjà offert précédemment un éléphant, souhaitait lui aussi organiser un combat entre ces deux bêtes…

Un rhinocéros sur un voilier – on espère pour lui qu'il n'avait pas le mal de mer - il vaut mieux sans doute lui donner quelques occasions de se dégourdir les jambes. Chemin faisant donc, le 23 janvier 1516, le *João de Pina* accosta sur l'île d'If, en rade de Marseille. Dès le lendemain, l'animal, alors célébrissime dans toute l'Europe, reçut la visite du roi de France François 1er, descendu tout exprès de son pèlerinage à la grotte de la Sainte-Baume. Ainsi, le vainqueur de Marignan fut le dernier ou presque à avoir vu vivant notre héros unicorne. Quelques jours plus tard, le *João de Pina*, alors qu'il croisait le long des côtes ligures, fut pris dans une tempête au large de Porto Venere, dans les Cinque Terre. L'animal, qui était enchaîné, n'eut aucune chance et mourut noyé dans le bateau qui sombrait.

S'il prend quelques libertés avec cette formidable histoire, le roman de Lawrence Norfolk *Le rhinocéros du pape* est une belle opportunité pour plonger dans cette incroyable aventure.

3 – La panthère des calanques

Une sardine, un rhinocéros… Pourquoi pas une panthère ? Si elle a à Marseille sa boutique et le t-shirt à son effigie que vend ladite boutique, « la panthère des calanques » ressort de la rumeur. L'affaire date de 2004 et la presse s'en est alors largement fait l'écho, non seulement à Marseille, mais aussi la presse parisienne. Une patrouille de gardes forestiers en 4 x 4 dans le secteur de Luminy avait observé le félin à une cinquantaine de mètres de sa route, dans un vallon, racontant l'avoir vue faire quelques sauts « *très courts, très gracieux, mais suffisants pour distinguer qu'il s'agissait bien d'une panthère noire, pas très grande* ». Dans son édition du 23 juin 2004, *l'Obs* relate que « *plusieurs gardes-chasse et experts de l'ONF ont observé longuement lundi 21 juin au soir à la jumelle le félin, recherché depuis trois semaines dans les calanques au sud de Marseille.* » Waouh ! Attention danger ! La bête s'est-elle échappée d'un zoo ? Etait-elle l'animal de compagnie un peu voyant d'un particulier en mal d'exotisme ? C'est alors qu'intervient une élue municipale de l'équipe Gaudin, Laure-Agnès

Caradec, alors conseillère déléguée aux espaces verts et à la protection des calanques… « *Il s'agit d'un chat exceptionnellement gros* », affirme au journal *La Provence* Mme Caradec, qui décide de laisser tomber la battue prévue le lendemain pour lui mettre la main dessus. La panthère, vraie ou fausse, avait obligé la collectivité à interdire toute promenade dans le massif des calanques. Quelques années plus tard, en juillet 2012, une autre panthère putative a fait son apparition à quelques dizaines de kilomètres, dans les Alpes-de-Haute-Provence. Le mystère reste entier, qui sait si une famille de panthères n'a pas élu domicile dans notre région. Et n'y a pas fait des petits. Le loup n'a qu'à bien se tenir, il va avoir de la concurrence pour ce qui est d'égorger les moutons…

4 – Ces lions qui rugissaient

Puisqu'on en était aux animaux… Une sardine (j'en ris encore), une panthère (du grand n'importe quoi, en somme), voici les lions et l'éléphant. Ceux de feu le zoo de Marseille. Avant d'en venir aux lions parlons un peu de Poupoule, vedette de ce fameux zoo… Un éléphant appelé Poupoule, alors là, vraiment… De fait, Poupoule ne s'appelait pas Poupoule, mais « Frazor », et n'était pas un éléphant, mais une éléphante. Arrivée d'Asie au zoo de Marseille en 1924, elle était alors âgée de 19 ans, explique Christophe Borrely dans son livre *Le Jardin Zoologique de Marseille*. Son surnom, un rien moqueur, de *Poupoule*, qui a pourtant a fait sa renommée, elle le doit au maire de Marseille de l'époque, le docteur Siméon Flaissières (maire de 1892 à 1902, puis de 1919 à 1931, année à laquelle il est décédé, à l'âge de 80 ans). Mais le « bon docteur Flaissières » avait semé la graine de la « poupoulitude », et, des décennies durant, tous les éléphants du zoo furent ainsi surnommés. Poupoule, les voisins du zoo, boulevard Philippon, boulevard Montricher, boulevard du Jardin Zoologique, boulevard Cassini, rue Lacépède, impasse Montbard, et même avenue des Chartreux, l'ont sûrement entendu barrir, aux heures creuses de la nuit.

Mais ceux que l'on entendait, aussi, mieux, plus fort, de manière plus angoissante, plus loin, jusqu'à la Préfecture ou à Castellane lorsque le calme et les vents portaient leurs voix – je m'en souviens, je les ai entendus moi-même, pourtant je n'habitais pas le quartier – c'étaient les fauves. Des rugissements dans la nuit marseillaise. Comme si soudain la jungle s'était emparée de la ville. Comme si une nature revancharde avait voulu nous prévenir.

Dans les années 1960, précise encore le même Christophe Borrely dans son ouvrage, ce sont 17 lions qui sont acquis par le zoo de Marseille. On imagine la puissance sonore. A 110 décibels, un lion peut être entendu jusqu'à 8 kilomètres lorsqu'il rugit. Certes, on est loin des 170 décibels d'un tir de kalach, bruit plus fréquent aujourd'hui à Marseille que les rugissements de lion, mais 17 lions d'un coup…

Brutus, Daya, Mina, Porthos, Sultan et leurs camarades (quelques-uns des noms des lions que nous avons pu retrouver) ont à leur manière bercé les nuits des petites marseillaises et des petits marseillais des années durant.

5 – Le dernier duel

Comme vous le savez sans doute, Marseille – l'entité Marseille, c'est-à-dire la somme de son histoire + de sa position géographique, « tellurique » même, aime à dire l'auteur Henri-Frédéric Blanc + les réflexions de ses habitants et de ses non-habitants à son sujet + allez savoir quoi encore – tendrait à laisser croire qu'elle n'est pas une ville comme les autres. Que les choses s'y passeraient « différemment ». Que les Marseillaises et les Marseillais auraient un état d'esprit particulièrement rebelle. Que la France n'aurait pas la même saveur sans Marseille. Que le foot y est roi. Le pastis aussi, la pétanque pareil, la sieste itou. Et la paresse bien sûr.

Hop, hop, hop, n'en jetez plus, la coupe est pleine.

Il y a peut-être un fond de vérité dans tout cela. Si l'on cherche des preuves, ou tout au moins des indices, du fait que Marseille n'est pas tout à fait une ville comme les autres, à dire vrai, on peut en trouver quelques-uns. En voici un. *Le dernier duel*. Oui, le dernier duel qui eut jamais lieu en France. Attention, pas une provocation entre deux gangsters qui se serait terminée à coups de flingues dans le quartier de l'opéra ou sur la dalle d'une cité quelque part dans un quartier nord ou est. Non. Un duel à l'épée, dans les règles de l'art. Pour l'honneur et entre gens de bonne compagnie. L'un était maire de Marseille, député SFIO, président de son groupe à l'Assemblée nationale, futur ministre de l'Intérieur. L'autre un élu gaulliste du Val d'Oise. Gaston Defferre et René Ribière ont croisé le fer dans le parc d'un hôtel particulier de Neuilly-sur-Seine le 21 avril 1967 au petit matin. Quatre minutes d'un combat de cape et d'épée digne des meilleurs films du genre et qui vit la victoire du maire de Marseille, Gaston Defferre, qui par deux fois fit couler le sang de son adversaire, au bras. Deux blessures sans gravité, que l'on se rassure.

La veille, à l'Assemblée, Defferre avait lancé à Ribière un retentissant « *Taisez-vous, abruti !* » alors que celui-ci, lors d'un débat houleux, ne cessait de l'interrompre pendant son intervention. Ribière en resta là sur l'instant mais ensuite, dans la fameuse « salle des Quatre-Colonnes » du palais Bourbon, il accosta Gaston Defferre et lui demanda des excuses. Le maire de Marseille les lui refusa et René Ribière, ayant sans doute un sens de l'honneur sans faille ou tout simplement une très haute estime de lui-même, adressa à Defferre deux témoins afin de le provoquer en duel. Le duel avait pourtant été interdit par Richelieu en… 1627. Mais sa pratique était restée présente jusqu'au XIXe siècle. Seule la Première Guerre mondiale, carnage sanguinaire s'il en fut, avait fini par le rendre obsolète, la deuxième mettant un terme à cette idée de combat pour l'honneur entre deux hommes en temps de paix. Oui mais voilà, l'histoire n'est qu'un éternel recommencement et le duel sembla donc à MM. Ribière et Defferre une possible issue pour régler leur différend. Pas question de s'entretuer toutefois, enfin, allez savoir. Car Gaston Defferre, la tête près du bonnet et échauffé par ledit Ribière, refusa l'idée que l'on s'arrête au premier sang… Arbitré par un autre député, Jean de Lipkowski, aristocrate d'ascendance polonaise et « baron » du gaullisme, le duel ne va pas en effet s'arrêter au premier sang. René Ribière fait un piètre escrimeur et il est rapidement blessé, mais ce n'est qu'une estafilade et il demande lui-même la reprise du combat.

Quelques instants plus tard, rebelote, le maire de Marseille, dont les Marseillais se souviennent du caractère jusqu'au-boutiste, le blesse une nouvelle fois. Cette fois, de Lipkowski demande aux duellistes d'arrêter le combat et Gaston Defferre « y consent », rapportera la chronique de cet ultime duel français. Les blessures de Ribière, du moins les blessures physiques, sont sans gravité, et tout se termina pour le mieux dans le meilleur des mondes. Mais on se plaît à rêver parfois que nos députés remettent ça, que la place de la Concorde, face au palais Bourbon, ne se mue de temps à autre en terrain de combat, à l'épée ou au revolver, pourquoi pas, entre les représentants de tel ou tel parti, les pourfendeurs de telle ou telle idée. Ce ne serait peut-être pas extrêmement démocratique, mais certaines et certains y réfléchiraient sans doute à feux fois avant d'invectiver leurs adversaires sur l'air du « *Je vous demande de vous taire* » d'Edouard Balladur » du « *Cass'toi pov'con* » de Nicolas Sarkozy ou du « *Sortez d'ici !* » d'Olivier Véran adressé aux membres de l'Assemblée qui n'étaient pas d'accord avec ses positions sur le Covid-19. Vus sous cet angle, les « clash » entre rappers et leurs batailles rangées (comme celle qui opposa en août 2018 dans l'aéroport d'Orly les partisans de Booba et ceux de Kaaris) gagnent tout à coup une autre noblesse. Rien ne vaut le combat singulier ? Un beau duel entre le président russe et celui des Etats-Unis ? Amusez-vous, rêvez un peu…

6 – La guillotine

10 septembre 1977. Prison des Baumettes. La lame affûtée de la « veuve » tranche net le cou d'Hamida Djandoubi, 27 ans, auteur de viols et d'assassinat. Il est 4h du matin quand Djandoubi est réveillé dans sa cellule des Baumettes. Il enfile sa prothèse – en 1971 il avait eu la jambe broyée par un motoculteur, ce qui avait contribuer à modifier pour le pire sa personnalité – et se laisse conduire en silence et sans résistance jusqu'au préau de la prison. La cigarette du condamné l'attend. deux cigarettes pour être précis, le bourreau lui refusera la troisième car, sans doute, le temps lui est compté. Hamida siffle aussi un godet de rhum. Puis on attache ses mains avec une cordelette, on découpe le col de sa chemise, comme si un morceau de tissu pouvait empêcher la lame de remplir son office. Face à la guillotine qui mettra un terme au passage sur Terre de Hamida, une trentaine de personnes attendent en silence. Le séquestreur de jeunes filles, le tueur de Lançon, sera mort quelques instants plus tard. « *J'entends un bruit sourd. Je me retourne, du sang, beaucoup de sang, du sang très rouge,*

le corps a basculé dans le panier », écrira Monique Mabelly, juge d'instruction et témoin de la scène.

Sous Giscard d'Estaing, dernier président sous lequel la peine de mort fit partie de l'arsenal punitif français, ils furent trois à être exécutés, Christian Ranucci, en juillet 1976 à Marseille, Jérôme Carrein, en juin 1977 à Douai, et Hamida Djandoubi.

Marseille a le singulier privilège d'avoir été la ville où s'est déroulée la dernière exécution à mort officielle à ce jour en France. Sous la présidence de François Mitterrand, la loi du 9 octobre 1981, portée par Robert Badinter, abolira la peine de mort. En février 2007, afin de s'assurer que cette abolition ne puisse être remise en cause, Jacques Chirac fera inscrire dans la Constitution que « *nul ne peut être condamné à la peine de mort* ».

* * *

Joseph Guillotin, député et secrétaire de l'assemblée Constituante, en 1789, ne songeait sûrement pas que son nom passerait à la postérité de si macabre manière. Certes, il est à l'origine de l'idée de la guillotine, mais pas à celle de la machine, conçue par le docteur Antoine Louis, qui écrivit en son temps : « *Avec ma machine, je vous fais sauter la tête en un clin d'œil, et vous ne souffrez point. La mécanique tombe comme la foudre, la tête vole, le sang jaillit, l'homme n'est plus.* » Joseph Guillotin, dans son projet de réforme, estimait que « *la loi doit être égale pour tous, aussi bien quand elle punit que lorsqu'elle protège* ». Le premier article de son projet, en date du 1er décembre 1789, précise que « *les délits de même genre seront punis par les mêmes genres de peines, quels que soient le rang et l'état du coupable* » et il souhaite que « *la décapitation fût le seul supplice adopté et qu'on cherchât une machine qui pût être substituée à la main du bourreau* ». Humaniste, si on se replace dans le contexte de l'époque, Guillotin estime que l'utilisation d'un appareil mécanique pour l'exécution de la peine capitale est une garantie d'égalité et il est en somme visionnaire quand il pense que cela peut ouvrir un futur où la peine capitale serait finalement abolie. Bien vu, monsieur le député, mais il aura fallu près de deux siècles et des milliers de têtes tranchées (la plupart sous la Terreur dans les années 1790) pour y parvenir.

7 – Les naufrages du « Liban »
… et du « Maréchal-Canrobert »

« *C'est pas l'homme qui prend la mer, c'est la mer qui prend l'homme* », chantait Renaud. Et qui le garde. Au fond. Cette histoire-là, c'est notre *Titanic* à nous. Un naufrage hollywoodien. Peut-être même qu'il y avait des DiCaprio à bord… Au large de Marseille, juste là, en face de l'île Maïre, à portée de nage, à quelques brasses à peine. Il y eût pourtant près d'une centaine de morts…

Mais qui s'en souvient ? Qui l'a conservé dans ses archives à catastrophes ? L'épave du *Liban* est pourtant toujours accessible aux plongeurs expérimentés. Ils la trouveront entre 28 et 36 mètres de fond, aux coordonnées suivantes : 43° 12′ 26″ N, 5° 20′ 14″ E, soit à quelques mètres des deux îlots dits des Pharillons, au sud de l'île Maïre. Une faune multicolore s'y presse, des coraux ont poussé, d'impressionnants bancs de saupes s'y bousculent.

Un paradis pour les plongeurs.

Mais un enfer le 17 juin 1903.

Le *Liban*, sorti des chantiers Robert Napier & Sons de Govan, au bord de la Clyde, à

Glasgow, en 1882, est un paquebot à vapeur pouvant emporter près de deux cents passagers à son bord. Il a déjà beaucoup navigué sur les mers du globe, sur les lignes de Madagascar et de la Chine en particulier, pour le compte de l'armateur marseillais Fraissinet, l'un des leaders mondiaux, dirait-on aujourd'hui, dans son secteur d'activité. Large de 11 mètres et long de 91, il vient de subir une révision complète. Fraissinet, via la Compagnie Marseillaise de Navigation à Vapeur, le destine désormais à la ligne Corse-continent. C'est ainsi que ce 17 juin, vers 11h30, le *Liban* appareille du port de Marseille à destination de Bastia, avec 148 passagers à son bord et un équipage composé de 43 personnes sous les ordres du commandant Lacotte. Tout va bien jusqu'à ce que le *Liban* double le Tiboulen de Maïre, un peu avant midi. C'est qu'il y a de l'embouteillage sur la Méditerranée aux abords du port de Marseille. Et le *Liban* se retrouve face à un autre paquebot, de la même compagnie, *L'Insulaire*, en provenance de Livourne, Nice et Toulon. Que se passa-t-il au juste ? Il semble que *L'Insulaire*, gêné par l'île Maïre trop proche, eût quelque difficulté à modifier son cap suffisamment et que, dans le même temps, les manœuvres du commandant du *Liban* ne tinrent pas compte avec précision des difficultés qu'avait *L'Insulaire* à changer de cap. Résultat des courses : le *Liban* se retrouva sur la trajectoire de *L'Insulaire* et fut violemment éperonné. Il est 12h10, tout est allé très vite, le commandant Lacotte tente d'échouer son navire dans la passe des Pharillons. Mais le bateau fait eau, trop vite, et s'enfonce par la proue. La poupe et l'hélice sortent de l'eau, de sorte que le *Liban* n'est plus manœuvrable. Les passagers sont concentrés à l'arrière, sous un vaste auvent destiné a priori à les protéger des ardeurs du soleil de ce mois de juin. Mais ces toiles vont devenir leur linceul, le piège qui les empêchera de s'échapper. La Terre est pourtant toute proche, l'île Maïre à quelques dizaines de mètres tout au plus… Et qui plus est, si *L'Insulaire*, lui aussi faisant eau, préfère poursuivre sa route jusqu'au port, des barques de pêcheurs affluent du port des Goudes pour tenter de sauver les passagers, ainsi que plusieurs autres navires, rapportent les chroniques, le *Planier*, le *Balkan*, en partance pour la Grèce, ou encore *Rakoczy*, en route vers l'Italie. Mais pendant ce temps les passagers coincés par la bâche censée les protéger, et dans l'impossibilité de libérer cinq des six canots de sauvetage, mal assujettis, ne parviennent pas à s'extirper de cette funeste toile. C'est la plus mortelle catastrophe de l'histoire marseillaise après la grande peste de 1720 et les bombardements américains de 1944 qui est en train de se jouer.

Durant les heures et les jours qui suivirent le naufrage, des scaphandriers seront envoyés pour repêcher les corps, hommes, femmes, enfants. L'un deux d'ailleurs n'en reviendra pas.

Aucune trace à Marseille de ce drame, aucune plaque, aucune rue, aucun discours anniversaire. Il est vrai qu'il n'est pas le seul en son genre… Et peut-être préféra-t-on inconsciemment oublier l'affaire du *Liban*, car elle n'était que la répétition d'un drame similaire qui avait eut lieu 11 ans plus tôt à peine. Le 7 juillet 1892, près de l'îlot de Planier, un autre paquebot subit le même sort, pour les mêmes raisons. L'aventure, il est vrai ne se solda « que » par 5 morts alors que le navire comptait 112 passagers à son bord : le *Maréchal-Canrobert*, issu lui des chantiers

Scott Shipbuilding & Engineering de Greenock, non loin de Glasgow dans l'estuaire de la Clyde, mesurait 75 mètres de long pour 9 de large. Une belle bête toute en acier, appartenant à la Compagnie Générale Transatlantique et spécialisée dans les traversées vers l'Afrique du Nord. Ce 7 juillet 1892, à 6h30 du matin, le navire était en train de conclure sa traversée depuis Bône (l'actuelle Annaba, en Algérie), transportant donc 112 passagers à son bord, pour la plupart encore en train de dormir dans leurs cabines. Dans le même temps, l'escadre de la Marine nationale en Méditerranée effectuait des essais de vitesse en rade de Marseille. Le cuirassé *Hoche* faisait partie de cette escadre et c'est lui qui, aveuglé par les fumées et vapeurs des autres navires l'accompagnant, se retrouva en train d'éperonner par bâbord de *Maréchal-Canrobert*. Malgré la panique, les passagers eurent le temps d'être évacués, transbordés sur le *Hoche* et, à l'exception de deux militaires et de trois enfants, tous furent sauvés. Le naufrage du *Maréchal-Canrobert*, tout comme celui du Liban, prit tout au plus un quart d'heure.

Deux quarts d'heure d'angoisse absolue au large de Marseille.

L'épave du *Maréchal-Canrobert* n'a été repérée, elle, qu'en 2008, par Henri Delauze lui-même, le fondateur de la Comex, aux commandes de son mini sous-marin *Remora*. Les coordonnées en sont : latitude 43° 06' 096 nord, longitude 5° 06' 950 est. L'épave gît par 110 mètres de fond.

Quant à la mémoire collective marseillaise, elle a conservé trace du nom de Hoche mais pas de celui de Canrobert : le pavillon Hoche, sur l'île de Ratonneau, au Frioul, ex-bâtiment de quarantaine, ex-propriété de l'armée, qui fut l'objet de plusieurs projets, dont un hôtel de luxe. De fait il doit son nom au général révolutionnaire Lazare Hoche. Le *Maréchal-Canrobert* devant lui son nom au maréchal du Second Empire François Certain de Canrobert. Au demeurant, aucun des deux n'est marseillais.

8 – L'immortel, alias Jacky le Mat

Passons à d'autres fantômes, ceux de la pègre, carte postale sombre de la ville de Marseille. En voilà un qui mérite le détour. Né Jacques Imbert le 29 décembre 1929 à Toulouse et mort (de vieillesse, précisons-le) le 11 novembre 2019 à Aix-en-Provence, le « Mat », dit encore le « Matou », « l'immortel », voire « Ben Hur » ou « le Pacha » est un des parrains « historiques » de la voyoucratie marseillaise des années 1960 / 70 / 80, un des éléments du triumvirat qui domina cet univers ces années-là. Longtemps moins connu du grand public que Tany Zampa et Francis le Belge, il a pourtant eu droit – de son vivant – a son roman, *L'immortel*, signé Franz-Olivier Giesbert et à son film, *L'immortel*, inspiré du roman et de la vraie vie, signé Richard Berry, avec Jean Reno pour l'incarner. Rien d'officiel bien sûr, mais ce Charly (Garlaban pour le roman, Matteï pour le film) doublement immortel a rangé au rayon du réel le Belge et Zampa, tandis que lui passait au niveau du mythe…

L'immortalité, Imbert l'a acquise le 1er février 1977, à 20h, sur le parking de sa résidence, « Les 3 Caravelles », à Cassis. C'est en sortant de sa voiture, une BMW orange, qu'on lui avait prêtée, racontera-t-il plus tard, que trois hommes encagoulés et enfouraillés se mettent à lui tirer dessus. Bilan : 22 balles dans la couenne. Et une définitive, quasiment à bout portant, à laquelle il a échappé parce que, racontera-t-il lui-même, le fusil d'un de ses agresseurs s'est enrayé… « *Il n'y a de la chance que pour la crapule* », disait ma grand-mère. Cette chance là lui a valu une renommée d'intouchable et un rab de vie de 42 ans. Pas mal.

Mais qui était « Le Mat » en ce temps-là ? Avant qu'il ne soit le joueur de belote du Vieux-Port, le propriétaire d'un chantier naval du Frioul, le vieil homme paisible mais pas si paisible que ça, puisque la justice a encore eu l'occasion de le condamner et de l'incarcérer dans les années 2000. Comme beaucoup de truands de l'époque il avait fait ses armes dans l'établissement parisien « Les 3 Canards », à Pigalle, une école du crime où, selon d'autres sources, c'est le sous-sol qu'il valait mieux éviter à tout prix. Il s'y lie d'amitié avec Gaétan 'Tany' Zampa et apprend le métier. Nageur émérite, pilote, flambeur, homme à femmes, capable d'actes violents, Imbert cumule beaucoup d'atouts pour devenir un vrai caïd. Ami d'Alain Delon, il monte avec lui un haras dans le début des années 1970 et devient un jockey de haut niveau. Mais les affaires sont les affaires et Imbert y revient, s'opposant à Zampa, véritable parrain de Marseille à la fin des années 70. D'où la fusillade qui le rendit immortel.

Après ça, c'est la guerre. Le Mat ne songe qu'à sa vengeance et les morts pleuvent. Au journaliste Hervé Gattegno, qui connaît bien Marseille pour avoir travaillé quelques années au quotidien *Le Méridional*, il expliquera en 1993, dans *Le Nouvel Observateur*, « *je crois en la justice divine. Je n'ai jamais su qui étaient ceux qui m'ont tiré dessus, mais la rumeur a désigné des coupables. Ils sont morts quelque temps plus tard* ». L'immortel et la vengeance divine… Cette guerre ne s'éteindra pas avec le décès de Zampa en 1984 en prison. Craignant que les lieutenants de Zampa ne cherchent à asseoir leur pouvoir sur la ville et ses trafics, le Mat va s'associer avec le troisième larron, Francis Vanverberghe, alias le Belge, qui deviendra le parrain de la ville, jusqu'à son assassinat, à Paris, le 27 septembre

2000. Le Mat, lui, mène une vie relativement plus rangée, et ses « affaires » ne sont plus marseillaises : cambriolages sur la Côte, escroqueries, boites de nuit parisiennes (il est associé comme « conseiller en communication » ou « directeur artistique » au Bus Palladium et au Palace, les principales discothèques françaises de l'époque), il vit à Neuilly, jusqu'à ce que les impôts le rattrapent. Il reviendra à Marseille dans les années 90, installera son entreprise navale au Frioul et la boutique de son épouse au Vieux-Port. Un homme normal ou presque. Quelques extorsions de fond et trafics de cigarettes plus loin, il fera encore toutefois quelques séjours par la case prison.

L'immortalité a tout de même un prix.

Et de fait, maintenant que les trois sont morts (Zampa, le Belge et le Mat), Jacky Imbert, l'enfant de Toulouse, est le seul des parrains marseillais de cette époque à avoir véritablement gagné son immortalité : à savoir par le cinéma. J'en appelle donc à MM. Berry, Reno, Giesbert, Gattegno cités ci-dessus ; j'en appelle aussi à MM. Marchal et Jimenez, réalisateurs l'un de *Bronx*, l'autre de *La French*, qui semblent particulièrement apprécier de plonger leurs caméras dans l'univers violent mais évocateur du banditisme marseillais des trente dernières années du XXe siècle, et de la suite ; j'en appelle enfin à cette cohorte de comédiens locaux-nationaux qui ont déjà prêté leurs traits à « nos voyous », Moussa Maaskri, Cyril Lecomte, Pierre Lopez, Georges Fracass, voire Eric et Joël Cantona, Bob Assolen, et bien d'autres : montez-nous donc des biopics cinématographiques sur Francis Le Belge et Gaétan Zampa ! Y'a de la matière les gars ! Vous attendez quoi ?

9 – Pélerinage au Bar du Téléphone

C'est une rue tranquille bordée d'arbres, dans le quartier du Canet. Une rue en pente légère, avec des voitures garées sous ses arbres, pas un chat, comme à l'écart de la ville. Qui pourtant l'enserre, l'enferme, la réduit à un îlot comme surgi du passé.

Cet air calme est des plus trompeurs. Le bar paisible, avec sa petite terrasse protégée par un muret, qui porte de le nom de *L'Adriatic*, est un monument de l'histoire criminelle marseillaise. Et même mondiale. C'est ici que, le 3 octobre 1978, a été perpétrée la plus phénoménale des tueries de l'histoire de la voyoucratie planétaire : le « massacre du Bar du Téléphone ». Dix morts. Une fusillade dont on peut encore voir les impacts de balles sur le sol. « *On n'a pas changé le carrelage* », aime à répéter Zdravko, propriétaire des lieux quarante ans plus tard.

Bien sûr, depuis, les attentats jihadistes et extrême-droitistes ont fait pire, mais le grand banditisme, non. Le sinistre record tient toujours.

L'affaire s'est déroulée le 3 octobre 1978.

Vers 20 h, trois hommes, les visages masqués par des bas, armés de pistolets et de fusils, pénètrent dans ce bar de quartier, à deux pas du cimetière du Canet où sera enterré plus tard un certain Francis Vanverberghe, alias Francis le Belge. Les tueurs abattent toutes les personnes présentes, sauf l'épouse du patron de l'époque, qui était montée à l'appartement un moment plus tôt et qui sera la seule rescapée du massacre.

Les policiers et les pompiers, lorsqu'ils arrivent sur les lieux, découvrent un spectacle macabre. Un des pompiers, interviewé par la télévision régionale France 3 le soir-même dira qu'en arrivant ils ne verront que trois victimes, les autres étant entassées derrière le comptoir. Christian Maraninchi, inspecteur au moment des faits, dira, lui, avec exagération : "*Il y avait tellement de sang par terre qu'on en avait jusqu'aux chevilles.*"

Dans l'histoire des faits divers, le massacre du *Bar du Téléphone* continue à garder une place bien particulière, supplantant dans la liste des historiens du crime le massacre da la Saint-Valentin, à Chicago en 1929, où les hommes d'Al Capone avaient abattu "seulement" sept personnes. Qui est le Al

Capone marseillais, le commanditaire de ce massacre ? Nul n'en est certain, c'est ce que policiers et journalistes n'ont jamais réussi à élucider avec certitude, donnant un relief spécial à ce drame, bien plus mystérieux que la précédente fusillade meurtrière marseillaise, la tuerie du Tanagra, le 31 mars 1973, épisode de la guerre entre les clans de Zampa et du Belge, qui avait déjà fait 4 morts.

Le Bar du Téléphone a été un fait divers au retentissement international lugubre. Marseille n'avait vraiment pas besoin de cette couche supplémentaire de truanderie pour asseoir une réputation déjà sombre et dramatique, celle de la « *french connection* ». Le massacre du boulevard Finat-Duclos a été, avec l'assassinat du juge Michel sur le boulevard Michelet trois ans plus tard, le point culminant dans l'escalade du crime… Comment la ville, collectivement, a géré cet événement ? En effaçant de son urbanisme le lieu où se sont déroulés les faits, en rendant quasi-inaccessible la ruelle anonyme (un boulevard pourtant, mais qui n'a de boulevard que le nom) où cela s'est passé. Tout le monde a entendu parler du Bar du Téléphone. Mais presque plus personne ne sait où il est.

Son accès est devenu un labyrinthe au sein d'un quartier aujourd'hui isolé au milieu de la reconstruction anarchique de la ville. Il n'est plus question de mémoire mais d'amnésie collective.

Sauf pour les patrons d'aujourd'hui, un couple de Croates implantés à Marseille depuis une quarantaine d'années, et leurs clients, beaucoup de policiers, comme si le Bar du Téléphone était devenu, inconsciemment, un lieu de « pèlerinage ». Quand bien même il est devenu *l'Adriatic* et que ses murs sont couverts de posters de Rijeka, Zadar ou Dubrovnik. Parce qu'il est croate, Zdravko a été surnommé « Skoblar », du nom du seul Croate célèbre de Marseille, Josip Skoblar, buteur de l'OM et Ballon d'Or européen en 1971. Derrière son comptoir, « Sko », comme l'appellent les habitués, est un barman à l'ancienne, qui sait remettre sa tournée et qui est à l'écoute de ses clients. La tuerie qui s'est passée en 1978 dans son établissement, il n'en parle que peu, et seulement si on le questionne. Bien sûr il n'a pas été témoin de l'affaire, il ne vivait même pas en France à l'époque, mais un lieu comme celui-ci se livre forcément petit à petit à celui et celle qui y sont tous les jours. Et « Skoblar » et son épouse sont devenus les dépositaires de la mémoire des lieux. Entre un article de journal accroché au mur et les impacts de balles du carrelage, avec sa collection de couvre-chefs de policiers – français et étrangers – et d'écussons de divers services de police, *l'Adriatic* prend vaguement des airs de musée de province de la police. Un musée protégé par les fantômes d'un massacre, où l'on peut aller déjeuner à peu de frais sans savoir que l'on est dans un des saints des saints de l'histoire du crime…

10 – Un Ange au Vatican

Puisque c'est une des parties « histoires de voyous » de cet ouvrage, continuons. Mais sur un autre mode. Pas vraiment angélique, mais un rien plus underground. Je n'ai pas de source particulière ni connue à mettre ici en avant, pas de film, de livre, de coupure de presse, de recherche Internet Wikipedia, etc, non, on est là sur du témoignage. Alors, comme on le fait souvent dans la presse pour éviter les mauvais coups du sort, j'ai dû ici changer les prénoms des protagonistes. Et puis, c'était mieux pour faire un titre. Un « Ange au Vatican », ça sonne mieux que « Francis va à Rome », « Jean-Louis et la CIA », ou « Le voyou et le cardinal ». Encore que, « Le voyou et le cardinal », c'était pas mal non plus. Enfin, peu importe. J'ai changé les lieux aussi, le contexte, le timing. Mais le fond de l'histoire est bel et bien celui qui a été rapporté, un jour, à un mien ami. Que nous appellerons Michel. L'archange biblique.

Angelo Siciliano, alias « Speedy Angel », alias « Le Marteau », alias « Le Parisien », allez savoir pourquoi tous ces alias, avait contacté un camarade journaliste pour lui raconter son histoire. Le rendez-vous avait lieu à Marseille bien entendu, sinon il n'aurait pas sa place dans ce livre. Dans les quartiers Sud, dans ce qui était encore le célèbre bar des Flots Bleus, dans un virage de la corniche Kennedy, Angelo, dit aussi Ange, ou Angie, s'était installé dos au mur, vue sur l'entrée de l'établissement. En jean, baskets et polo, il aurait eu un air banal si ce n'était ses joues tavelées et son regard furtif, en mouvement permanent. Angelo avait posé une sacoche à ses pieds et il attendait, aussi tranquillement que peut le faire un personnage de son acabit. Evidemment, il était dans ce bar comme chez lui, il connaissait tout le monde, et sa réputation l'avait précédé, servie brûlante, comme la « noisette » qu'il dégustait à petites gorgées. Mon ami de la presse est arrivé à sa table l'air un rien emprunté, il n'avait pas vraiment l'habitude de prendre son café du matin avec des types qui avaient fait leurs armes à Pigalle au bar des Trois Canards et se targuaient de manier la Kalach comme d'autres nettoient la poussière au plumeau. Mais il était intrigué par le message qu'il avait reçu. Le gars prétendait avoir été le porte-flingue d'un important parrain de la Côte, avoir vécu avec lui quelques aventures italiennes hors du commun. Et avoir posé ça noir sur blanc dans un manuscrit d'une bonne centaine de pages, qu'il voulait lui montrer. Michel connaissait beaucoup de monde dans l'édition, il se disait qu'à défaut de faire un article, cela pourrait peut-être faire un livre, et qui peut le plus peut le moins. Et vice-versa…

Après un bref round d'observation, les deux hommes sirotant un café en se disant des banalités, « il fait beau aujourd'hui », « oui, mais il y a du vent », « le mistral ça dure trois jours, pas plus », « oui, ça va par trois, trois, six ou neuf », « c'est ce qu'on dit », etc, donc après un bref round d'observation, c'est Ange qui rompit la glace à propos de l'affaire qui l'amenait. Il parlait façon staccato, au rythme de la Kalach dont il était censé être un maître.

« Je vous résume le bouquin »…

Le « bouquin », une centaine de feuilles volantes, recto-verso, que « Speedy Angel » sortit d'une enveloppe kraft qui avait déjà connu d'autres utilisations, au vu de ses froissures et de ses coins cornés, une centaine de pages tapées en helvetica, lignes resserrées, à la vraie machine à écrire probablement et non pas imprimées d'après un dossier Word.

« *C'est une copie* », confirma Angelo, l'original est chez mon avocat, au cas où.

Le truc, bien dense, devait bien faire ses trois cent mille signes, pensa Michel, qui s'était mis en mode « découvreur de talents » plutôt que « journaliste ».

« *Je t'explique* » lui lança Angelo, qui était passé spontanément au tutoiement, « *tu as une bonne tête, mais ça se voit que tu es pas de la partie, alors je t'explique. Rapidos. J'ai bossé pour le Big One pendant une dizaine d'années et j'ai vu beaucoup de choses. Je te raconte pas ma vie, c'est l'école du crime, tu sais c'est comme l'Ena pour les politiques, y'a des passages obligés. J'ai tout fait. Tous les trucs qui se racontent pas, tous les trucs que tu peux même pas imaginer. Je t'en parlerai une autre fois, t'inquiète.* »

« Speedy Angel », alias « Le Marteau », riait dans sa barbe, un rire de furet qui lui faisait plisser les yeux et donnait à sa physionomie des airs d'un Jacques Attali sur le perron de l'Elysée après avoir croqué un ou deux Premiers ministres.

« *Je veux juste te parler d'un truc qui même moi, m'a estomaqué. Tu comprends, j'en ai vu de toutes les couleurs, du violent, du menteur, de l'arnaqueur, y'a rien qui me fait peur. Tu verras quand tu liras, c'est pas pour les rosières… Mais, là, quand même, faut que je t'en parle ».*

Michel avait fini son allongé (le café, allongé) et fit un geste pour temporiser Speedy Angel.

« Attends, je commande un autre café, tu en veux un ? »

Angie le fusilla du regard derrière ses lunettes noires. J'avais omis de vous préciser, peut-être, qu'il avait gardé ses lunettes de soleil à l'intérieur du bistro ? Des carrés, bien sombres, des lunettes de comptable américain sixties, mais avec des verres noirs. Bien noirs. Comme le café.

Le serveur rapporta une noisette et un allongé et Angelo reprit son récit.

« Tu vois, des caïds, des parrains, des pontes, y'en a un paquet entre Marseille et Nice, mais le Big One, c'était spécial. Lui, il avait des connexions au Vatican ».

Angelo se signa furtivement, en un éclair.

« Tu crois en Dieu ? »

« J'sais pas… »

Angie se pencha en avant sur la table, les coudes sur le plateau en verre et les verres des lunettes à vingt centimètres de celles de Michel.

« *Bon, on s'en fout, toute façon, ce qui compte c'est pas Dieu, c'est son représentant sur Terre, le Pape, lui aussi, hein, c'est un Big Boss, pas vrai ? Du pouvoir et du pognon, il en a en veux-tu en voilà. Mais il faut croire qu'il en a pas assez…* »

Angelo fit une pause.

« *Tu me suis ? On a été au Vatican avec le Boss. Petite équipe, on était juste deux pour le sécuriser, des fois que. On passe des portes, des couloirs, on descend des escaliers, on croise degun et on finit par se retrouver dans une grande pièce, une sorte de grande cave, avec des tentures et une gigantesque table en bois… Et nous voilà reçus par un Monsignore, tout en rouge et en violet, la longue robe, un drôle de chapeau sur la tronche. Le Big m'a fait un geste pour que je reste près de la porte et lui s'est avancé vers la table. Je sais pas de quoi ça causait, mais c'est sûr que c'était important et qu'en prime il y avait un paquet de fric pour nous à la clé, sans te parler des passe-droits, des immunités… Pas un truc pour bambins. Pas un truc non plus que les curés vont raconter sur les toits ni que les gens ont envie de savoir. »*

Michel faisait celui qui en avait entendu d'autres, genre impassible.

« *Tu racontes tout ça dans tout bouquin ?* »

« *Sur que je raconte. Et encore, je t'ai pas tout dit. On était neuf en tout. Comme je te dis, ça s'est passé dans une grande salle voûtée, dans les sous-sols. Pas question de se montrer. Surtout que quand je te dis qu'on était neuf, y'avait Paulo et moi, côté marseillais, y'avait les deux gardes du Monsignore, bien enfouraillés, je peux t'assurer, plus deux gringos qui mâchaient du chewing-gum et qui portaient des lunettes d'aviateur sur le nez, tu vois le genre ?* »

« *CIA ?* »

« *Ben voilà, tu comprends vite. Six gardes. Plus le Big One, le Monsignore, et un cador de la CIA. Les trois caïds en train de faire leurs petites affaires assis à la grande table en bois, au fond d'un sous-sol du Vatican, les portes bien gardées par leurs porte-flingues respectifs. Ne me demande pas ce qu'ils ont magouillé, j'en sais rien. Et même si je savais je te dirais rien, c'est sûr. Mais y'a un truc que je peux te dire. Le ponte de la CIA, tu connais sa gueule… »*

« Vas-y ? Un comédien, un ministre ? »

« Tu y es presque… Entre-temps il est devenu président des Etats-Unis ! »

Michel eut un petit sourire, genre « on me la fait pas ». Speedy Angel, alias « Le Parisien », alias « Le Marteau », se rembrunit subitement.

« Tu me crois pas ? Attends. »

Puis il reprit la grande enveloppe kraft et en sortit une photo, un peu floue et plutôt sombre, mais on pouvait quand même reconnaître les visages.

« Tu le vois, là le grand gaillard ? Tu le reconnais pas ? »

« Euh… »

« Eh oui, 'euh', la photo tu l'auras pas je la garde comme preuve de ce que je dis. Mais toi, tu sais. Lis le bouquin, on se reparle dans une semaine. »

Le livre ne sortit jamais. Michel resta en contact avec Angelo, mais il y a avait trop de zones d'ombres dans son récit, trop de travail de rewriting, trop de révélations risquées aussi. Etrangement, Angelo ne se fâcha pas, les deux hommes sont restés en contact et dans l'univers délétère qui est le nôtre aujourd'hui il arrive à Michel de passer un coup de fil à Ange pour lui demander ce qu'il en pense. L'autre lui répond invariablement : « *Tu le sais bien. On nous ment. Tout est arrangé entre eux, et même nous, nous les Hommes, tu vois ce que je veux dire, même si on n'a peur de rien, même si on est prêts à tout, on n'est que des soldats au service de puissances bien plus fortes que nous* ».

11 – Le diable en bleu de travail, rue Dragon

Un diable, un dragon, tout ça ?

Oui, bon, d'accord, j'exagère. Voilà l'histoire.

J'ai longtemps habité du côté de la place Castellane, une des dernières rues en haut de la rue de Rome, la rue Dragon. A l'époque, le quartier était encore un quartier où les commerces n'étaient pas des fringues et des fringues et des fringues, mais des commerces de vie, des boulangers, des épiciers, des crémiers, des bouchers, et pas mal d'artisans en tous genres, relieur, matelassier, horloger, coiffeur. Il y avait déjà pas mal d'antiquaires, aussi, il y avait même deux libraires, et une impression permanente d'agitation, de mouvement ; c'était les enfants qui allaient à l'école et au lycée, qui à Puget, qui à Périer, qui dans des trucs privés, c'était les Marseillais d'autres quartiers qui venaient faire les boutiques, c'était la circulation automobile incessante, c'était les juifs orthodoxes, chapeaux traditionnels et longues papillotes, qui se rendaient en file indienne à la synagogue de la rue Breteuil, c'était les défilés massifs lors des sacres de l'OM mais aussi, tous les dimanches, les milliers de supporters qui redescendaient à pied, du Stade Vélodrome, Prado, rue de Rome, pour retourner dans leurs quartiers du centre ou des environs. On circulait beaucoup plus à pied en ce temps-là qu'aujourd'hui. Et parmi ces piétons innombrables qu'on croisait entre la rue de Rome, la rue Edmond Rostand, la rue Dragon et quelques pâtés de maison alentour, il y avait… le Diable. Il habitait un fond de cour où il avait pour voisin Léo Cotti, « le taxi chantant », qui était une des gloires de la ville à l'époque, et si je ne me souviens plus de son nom, j'ai gardé dans le viseur de ma mémoire son allure et sa tenue.

Plutôt petit et ramassé, silhouette ventrue à la Alfred Hitchcock, il avançait à pas lents et mesurés, tenant parfois un chien en laisse, parfois non, souvent coiffé d'une casquette. Il portait toujours un bleu de travail, bien qu'il fut sans doute déjà à la retraite (que l'on prenait à soixante ans, en cette époque). En quoi était-il diabolique ? En ce sens qu'on ne pouvait pas faire un pas dehors sans le croiser. C'était devenu un jeu entre mon père et moi. « J'ai encore vu le voisin en bleu de travail, il promenait son chien ». « C'est un Diable, cet homme-là, on ne peut pas mettre le nez dehors sans tomber dessus ». « Oui, peut-être qu'il nous surveille ? ». « Va savoir, peut-être que c'est vraiment le Diable ? ». « On verra bien s'il est encore là la prochaine fois que je sors ». Et évidemment il y était, comme s'il disposait du don d'ubiquité, ou de la prescience concernant nos mouvements familiaux. « Tu as croisé le Diable ? » me demandait mon père si je remontais de quelque course dans le quartier. « Oui, oui ». « Alors tout va bien ».

Je crois qu'en fait je n'ai jamais su son nom, mais, comme d'autres, sans doute plus discrets, moins reconnaissables, il faisait partie du décor du quartier. Son bleu de travail était son drapeau, comme certains arborent des tatouages, un cuir ou une moto américaine.

A y bien réfléchir aujourd'hui, je me demande encore pourquoi ce don d'ubiquité qui n'en était pas un nous a fait penser au Diable. Peut-être l'était-il vraiment, en vacances dans notre quartier, prenant le pouls de sa réussite à faire échouer la société des hommes ?

Une quarantaine d'années plus tard, il peut se frotter les mains, le règne de la peur de notre siècle encore débutant (terrorisme, pauvreté, Covid, guerre), les fermetures de frontières, le ré-enfermement dans des "valeurs" familiales, culturelles, religieuses ou ethnocentrées, le renouveau de la haine, tout cela va dans son sens. Car on sait hélas ce qu'il y a au bout de ce chemin-là, l'humanité l'a déjà vécu. La différence cette fois c'est que s'il y a une guerre elle se déroulera bien comme les autres, sauvagement, cruellement, salement, horriblement, mais elle peut aussi déraper en holocauste nucléaire définitif. Exit l'humanité. Peut-être même exit la planète elle-même. Une explosion finale, comme dans un film de science-fiction…

Mais de ça, même le Diable n'en voudrait pas, s'il n'y a plus âme qui vive, comment recruterait-il des clients pour son Enfer ?

12 – L'affaire Gaufridy

L'enfer, tiens donc. L'enfer à Marseille. Il existe une affaire qui en entrouvre la porte… Là, ce n'est plus un diable pour rigoler, ni même le vortex des Réformés… Là, c'est Le diable *himself*, les gars et les filles. Enfin, c'est ce qui se disait à l'époque. Je vais pas vous en faire une tartine dessus, il y a eu suffisamment de bouquins si vous souhaitez vous documenter : *L'affaire Gaufridy, Marseille 1609*, par Joris Astier, chez Gaussen, 2017 ; *Sorcellerie et possession, l'affaire Gaufridy*, de Guy Bechtel, 1972, aux éditions Culture, Arts, Loisirs ; *Par le feu, l'affaire Gaufridy*, par Alain Gérard, aux éditions Autres Temps, 2000 ; *Des Marques Des Sorciers Et de La Réelle Possession Que Le Diable Prend Sur Le Corps Des Hommes: Sur Le Subject Du Procès de L'Abominable & Destestable Sorcier Louys Gaufridy*, de Jacques Fontaine, édition de 2013 d'après le texte original du XVIIe siècle ; et le dernier en date *Un grand procès en sorcellerie du 17e siècle : L'abbé Gaufridy et Madeleine de Demandolx (1600-1670)*, par Jean Lorédan avec Mireille Miffre, en septembre 2020.

Nous sommes sous le règne d'Henri IV puis sous la régence de Marie de Médicis. Les problèmes religieux en France entre catholiques et protestants n'ont rien à envier aux troubles religieux que peuvent susciter de nos jours chez certains l'animosité entre chrétiens et musulmans. Mais la chasse aux sorcières est théoriquement une époque révolue. Cependant, les affaires de possession diabolique vont bon train en Provence et les mécanismes accusatoires de la chasse aux sorciers ne sont pas oubliés. La famille Demandols est une des plus illustres de Provence, qui compte, notamment, plusieurs commandeurs de l'Ordre de Malte. En 1606, la jeune Madeleine de Demandols, fille cadette de la famille, âgée de dix ans, est placée au couvent des Ursulines, à Marseille. La petite semble suffisamment agitée pour que la mère supérieure du couvent commence à s'inquiéter de son état. Durant l'année 1609, Madeleine, alors âgée de 13 ans, lui avoue que son confesseur, le prêtre de la paroisse des Accoules, Louis Gaufridy, l'a « séduite »… Envoyée à Aix-en-Provence, dans un autre couvent des Ursulines, confessée par un autre prêtre, Jean-Baptiste Romillon, elle affirme que Gaufridy est un puissant magicien, qui l'a mise en état de possession et l'a livrée au sabbat, là où, de nuit, les sorciers adorent le diable, se livrent à des festins cannibales et s'accouplent en toute liberté. « *Horreur, malheur* », comme le chantera quatre siècle plus tard le Grand Orchestre du Splendid dans *La salsa du démon*...

L'affaire ne s'arrêtera évidemment pas là. L'inquisiteur d'Avignon (pourquoi Avignon, d'ailleurs, il y avait bien longtemps que la papauté s'en était retournée à Rome), connu pour son zèle contre les protestants et occasionnellement sorcières et sorciers, fait transporter la pauvre Madeleine au sanctuaire de la Sainte-Baume, à des fins d'exorcisme. cela va durer des mois. Durant lesquels, de son côté, le Parlement de Provence, sis à Aix, mène l'enquête. Après les prêtres c'est au tour des médecins de se pencher sur le corps de la pauvre Madeleine. Jusqu'au médecin du Roi, descendu tout spécialement pour traiter cette affaire, Jacques Fontaine. Si le corps de Madeleine est examinée de près par les médecins, il en va de même de celui de Gaufridy. Jusqu'à ce que les médecins déclarent que les deux corps présentent les signes d'un contact avec le démon.

Oui, comment des médecins peuvent-ils après auscultation déclarer qu'une personne a eu un contact démoniaque ? Certes, vu depuis la France du XXIe siècle, on peut en rester sans voix. Mais les époques changent, comme chacun sait, les contextes sociaux et culturels, les croyances et les modes de pensée, la science elle-même. Donc, la science peu scientifique de ce début du XVIIe siècle en conclut que l'on avait bien affaire à l'œuvre du Diable. d'autant plus aisément que Louis Gaufridy, à force d'interrogatoires et de témoignages à charge, finit par avouer, au mois d'avril 1611. Ses aveux le rendront officiellement coupable du crime de sorcellerie et le 30 avril 1611 il sera brûlé vif sur la place des Prêcheurs, à Aix-en-Provence. Devant une foule quasiment en liesse.

La pédophilie dans l'Eglise, on le voit, ne date pas d'aujourd'hui, qu'elle soit ou pas l'œuvre du démon, mais le plus terrible dans cette histoire, c'est cette foule en liesse, cette foule exaltée, qui vient se repaître de la mort d'un homme, fut-il un assassin (ce que Gaufridy n'était pas au demeurant). Quatre siècles plus tard, malgré les charniers des guerres napoléoniennes et ceux de la « Grande Guerre », on a vu les exécutions publiques se poursuivre en France jusqu'en 1939, devant des foules toujours en état second. Comme si la mort décidée par une administration avait un poids plus lourd que la mort hasardeuse, maladive, ou même guerrière. S'il faut voir la main d'une quelconque entité maléfique, avide de cruauté, derrière ces exécutions, peut-être n'est-ce pas dans l'esprit des coupables qu'il faut la chercher, ou pas seulement, mais aussi dans celui des puissants qui décident et ordonnent la mort d'un homme. Se prenant, eux, pour Dieu ou pour le Diable.

Ecoutez donc la chanson de Jacques Brel « *Le diable (ça va)* ». Vous serez édifiés.

13 – La geôle d'Edmond Dantes

Quand vous visitez le Château d'If, si vous êtes crédules, ou si vous êtes un enfant, vous êtes persuadé que tout cela est vrai. Bel et bien réel. Dans le mur, on vous montre l'endroit où ce pauvre Dantes a gratté, creusé, et quoi de plus réel, de plus authentique ? Pauvre *fada*, on vous a bien eu…

En cette 150ᵉ année de la « disparition » d'Alexandre Dumas, l'auteur du *Comte de Monte-Cristo*, l'abbé Faria, Edmond Dantes et consorts n'ont jamais été aussi présents dans les mémoires des Marseillais. Livres, photos, évocations, depuis 1844, lorsque débuta la publication de ce *Comte de Monte-Cristo*, en feuilleton dans la *Journal des Débats*, jusqu'à 2020, que de vies on a prêté aux personnages de Dumas ! Mais ils ont toujours été là, à nos côtés, à Marseille et, en réalité, dans le monde entier.

Alors comment voulez-vous qu'en visitant le Château d'If, à dix ans, quand on vous dit « c'est là qu'Edmond Dantes et l'abbé Faria étaient emprisonnés, c'est là que Dantes a réussi à se glisser à la place de l'abbé pour être jeté à la mer, et comme ça il s'est échappé », comment voulez-vous ne pas le croire ? D'autant plus que, je le confesse, je n'ai jamais lu *Le Comte de Monte-Cristo*. Cette histoire reste une expérience enfantine. La geôle du château d'If est tout aussi réelle pour moi que celles d'Alcatraz (où je ne suis pas allé, mais que j'ai vu, de loin, alors que je traversais en bateau la baie de San Francisco pour aller visiter Sausalito), tout aussi réelle que la prison des Baumettes, où, comme un certain nombre d'écrivains et de journalistes, j'ai eu l'occasion de pénétrer sans avoir été condamné à quoi que ce soit. « Visiter » un lieu d'enfermement, presque en touriste (et même totalement en touriste si vous allez au château d'If), est, dans tous les cas de figure, un moment très spécial. Qui vous fait toucher du doigt (du doigt de votre esprit…) ce que signifie être privé de sa liberté. L'envie de vengeance d'Edmond Dantes est évidemment totale, en déduit-on, et, en visitant sa fausse cellule, ce *fake* touristique, on comprend mieux pourquoi il fit ensuite tout ce qu'il fit. Et ne croyez pas que les aventures du comte de Monte-Cristo soient tout aussi inventées que sa cellule sur le château d'If…

Non, Dumas, génie de la plume, sorte de Steven Spielberg de la littérature, avait sans aucun doute une imagination foisonnante et bien évidemment un talent extraordinaire pour raconter – « filmer », presque – ses récits. Mais celui d'Edmond Dantes doit beaucoup à un certain Pierre Picaud, ou François, suivant les transcriptions, qui, au début du XIXe siècle vécut des aventures plutôt croquignolesques : arrêté le jour de ses noces sur une fausse accusation d'espionnage pour le compte de l'Angleterre, Picaud est jeté en prison dans la forteresse alpine de Fenestrelle (aujourd'hui en Italie, vous pouvez la voir en redescendant du col de Montgenèvre vers Pignerol).

Durant les sept années que va durer son emprisonnement il va creuser un passage vers la cellule voisine, où se trouve détenu un prêtre (tiens, tiens), le père Torri, dont il va se faire un ami et qui va léguer par testament à Picaud un trésor qu'il a caché à Milan.

Pas d'évasion rocambolesque pour Picaud, il sera libéré en 1814 à la chute de l'Empire napoléonien. Le reste est histoire de vengeance. Mais le plus étrange dans cette aventure, et la raison pour laquelle je vous en parle ici, est qu'elle aborde aussi le fantastique : ce n'est pas Pierre Picaud qui raconte l'histoire, c'est un de ses amis de jeunesse, Antoine Allut, qui, des années plus tard, va tenter à son tour de mettre la main sur le magot de Picaud, le poignardant à mort avant de pouvoir lui faire avouer quoi que ce soit. Allut fuit alors à Londres et au moment de sa mort, il fait quérir un prêtre pour lui dicter toute l'histoire, lequel prêtre fera parvenir le tout au préfet de police de Paris. Or, dans cette confession, Antoine Allut décrit l'enfermement de Picaud, dont il n'avait pourtant pas été le témoin, et prétend qu'il en a obtenu les détails par le fantôme du père Torri, le compagnon de geôle de Pierre Picaud...

C'est la retranscription de ce dossier qui, de son propre aveu, inspira Alexandre Dumas pour écrire *Le Comte de Monte-Cristo*... A moins que... Les archives de la préfecture de police de Paris ayant brûlé en 1871, qui sait si Alexandre Dumas n'a pas inventé toute la sauce...

14 – Une cathédrale sous le Vieux-Port

De toutes les histoires incohérentes que contient cet opuscule idiot (surtout la suite, d'ailleurs), celle-ci est, de loin, la plus stupide… En voici une première version, qui est la plus banale, mais attendez d'aller voir au chapitre 23… C'est tellement insensé que vous n'en trouverez même aucune trace sur Internet, qui raffole pourtant des légendes insensées. Alors quelle est cette histoire ? Il était une fois…

Il était une fois, sur la rive nord du Lacydon, un évêché et une cathédrale, la Major, ainsi qu'une église, Saint-Laurent, qui fourmillaient fatalement d'hommes d'Eglise. Il était une fois, sur la rive sud du Lacydon, une abbaye, Saint-Victor, qui fourmillait aussi d'hommes d'Eglise. De femmes aussi, sans doute.

Et entre les deux, la mer.

De nos jours, cette pauvre mer est percée de tunnels routiers et autoroutiers, mais justement, selon certains auteurs, inventifs sans aucun doute, ces tunnels-là ne seraient pas les premiers… Officiellement, le tunnel Saint-Laurent, qui relie les deux rives du

Vieux-Port, a été creusé dans les années 1960, et inauguré en 1967. Mais à en croire quelques fous, les perceurs de tunnel ont découvert sous nos eaux qu'il existait déjà un passage, plus étroit, qui reliait les deux rives en s'éloignant vers la mer, au-delà du Lacydon lui-même. Les deux tunnels se rejoignaient au large et leur jonction se faisait en traversant une bâtisse construite sous les flots, une sorte de cathédrale marine, à une quinzaine de mètres de profondeur, non loin au large de l'actuelle pointe du Pharo. Là, les moines et prêtres des deux rives se retrouvaient pour prier ensemble, et autres ripailles et bacchanales plus discrètes.

J'en vois d'ici qui rient, qui disent que c'est impossible. Que ça se saurait. Qu'il y aurait des vestiges. Mais chacun sait que Marseille n'a cessée de se construire et de se reconstruire en utilisant et réutilisant ses pierres, ses murs, ses monuments. Alors rêvons un peu à cette cathédrale sous la mer, cessons de penser que le XXe siècle a tout inventé, que les hommes étaient incultes et incapables durant les millénaires précédents. Pensons à ces moines, angoissés d'être sous les eaux, mais heureux de se retrouver dans une abbatiale marine, pas bien grande mais festive, gardée comme un secret, leur repaire, leur Saint-Graal.

J'en ferais bien un film, moi de cette histoire, j'en vois déjà le titre : « Les noyés du Seigneur ».

15 – Le vortex spatio-temporel des Réformés

Bon allons-y, puisqu'on était déjà dans le fort invraisemblable, continuons. Mais là, il y a du sérieux, de l'étude, de l'enquête… Le paranormal est parmi nous. Oui, au cœur de Marseille, dans le quartier des Réformés. Le paranormal… La télévision n'est pas encore venue jusqu'ici – vous savez, les émissions comme *Paranormal Files* ou *Ghost Hunters*, ces drôles d'équipes pleines de gadgets techniques qui vont traquer (la nuit de préférence) des phénomènes étranges, des apparitions, des fantômes… Mais il y a des vidéos. Des vidéos qui enquêtent sur ce vortex. D'ailleurs, qu'est-ce qu'un vortex ? En mécanique des fluides, c'est un tourbillon. Qu'est-ce donc alors qu'un « vortex spatio-temporel » ? Pour les astrophysiciens, c'est un lieu où « l'espace s'enroule autour de masses en rotation », dans la série *Star Trek*, c'est une faille dans le continuum espace-temps, qui permet à un vaisseau de voyager d'un point de l'espace-temps à un autre. A rapprocher des trous de vers (*wormholes*) qui permettent, dans la littérature de SF, de se déplacer d'un point à un autre de la galaxie. Sciences, science-fiction et mythes et légendes ancestraux font bon ménage d'ailleurs dans cette affaire complexe. Ainsi, ce tourbillon d'espace-temps qu'est le vortex est le phénomène qui aurait créé dans la mythologie scandinave le *bifröst* (littéralement « chemin scintillant », ou arc-en-ciel), cette sorte de pont qui permet d'aller de la Terre (Midgard) vers le pays des dieux (Asgard)...

Nous voilà bien loin du quartier des Réformés. Revenons-y, en empruntant notre propre vortex, que l'on définira commodément comme une clé pour passer d'un plan de la réalité à un autre…

Ce vortex, c'est l'ufologue et auteur de science-fiction aixois Jimmy Guieu qui en parle premier dans une série de vidéos réalisées dans les années 1980-1990, *Les portes du futur* (épisode n° 11), et dans son livre *Nos maîtres les Extraterrestres*, paru en 1992 aux Presses de la Cité.

Que nous raconte Jimmy Guieu, à travers plusieurs témoignages ? Qu'il existerait un « passage », à proximité de l'église des Réformés, tout en haut de la Canebière, où des gens se sont perdus, puis retrouvés dans des lieux étranges, ou les mêmes lieux plusieurs siècles plus tôt. Avec des allers-retours vers le réel pas tout à fait nets : ainsi cette personne qui aurait failli pénétrer dans une roseraie « géante », puis qui aurait fait un pas en arrière et aurait abouti d'un seul coup d'un seul quelques rues plus loin. Une autre personne, en voiture, qui attendait que le feu passe au vert en bas de la rue de la Grande Armée, puis, lorsque ce fut le cas d'un seul coup toutes les autres voitures disparurent, seule une créature verdâtre était présente et la regardait étrangement. Avant que tout ne revienne à la normale après avoir traversé le carrefour et atteint la rue Thiers. Dans ce même secteur des Réformés, c'est le témoignage de Tania Anziani, recueilli par Jimmy Guieu lui-même, qui est le plus complet : c'est celui de cette fameuse personne qui s'est retrouvée dans une roseraie « géante », ou un jardin, que dit-elle ? Qu'un jour, vers la fin des années 1980, elle promenait son chien boulevard Eugène-Pierre. Elle pénétra alors sans s'en rendre compte dans un jardin, qui ressemblait plus à une forêt, avec des roses de quatre mètres de haut. Dès qu'elle constata cette situation bizarre, elle attrapa son chien, et rapidement recula de deux mètres, pour se retrouver sur le trottoir au niveau du carrefour des Réformés, à deux cents mètres du boulevard Eugène-Pierre. Le chien, qu'elle prit alors dans ses bras, sentait l'herbe, raconte-t-elle, comme s'il s'était roulé dedans.

Selon la vidéo de Jimmy Guieu les témoins, qui ne se connaissent pas, ont chacun été confrontés à une créature inquiétante. « Bernard », « Aude », « Edmonde », « Tania » ont ainsi témoigné. Edmonde rapporte qu'en 1982, un jour qu'elle descendait l'escalator de la station de métro Réformés-Canebière, elle se vit soudain traverser le mur et être éclairée par un grand rayon de lumière blanche. Une voix s'adressa alors à elle, lui disant que si elle passait au travers de ce rayon, elle verrait « autre chose ». Ce qu'elle fit, apercevant alors d'énormes lézards verts. On imagine la frayeur d'Edmonde. A moins qu'elle ne fut préalablement dans un état second ? La même Edmonde, dite aussi « Sultane » la Voyante, a l'habitude de prendre un taxi conduit par un dénommé « Benoît ». Un jour, alors qu'elle est dans le taxi, un grand silence se fait entre le bas de la rue de la Grande Armée (où se trouve la station de taxis) et l'église des Réformés voisine. C'est alors que Benoît, le chauffeur, commence à insulter une personne qui se trouve dans une voiture qui le gêne. Cette personne avait un teint verdâtre et ressemblait à une grenouille, raconte Edmonde. Le feu passe alors au vert, le taxi traverse le carrefour dans un silence « minéral », et tout redevient normal lorsqu'elle atteint la rue Thiers, de l'autre côté du carrefour, bruits, circulation… Tout redevient normal, sauf le chauffeur de taxi qui aurait rajeuni d'une trentaine d'années à la suite de cette expérience. Le témoignage du chauffeur est aussi rapporté par Jimmy Guieu dans son livre *Nos maîtres les extraterrestres*.

C'est donc autour d'une église, une des plus grandes et des plus connues des églises de Marseille, que se déroulent ces phénomènes particuliers. Y-a-t-il un lien ? Ni Jimmy Guieu ni ceux qui après sa mort en 2000 ont repris son flambeau ne défendent cette thèse. Tous préfèrent parler d'un vortex, donnant à ces faits soit une connotation purement magique, soit une dimension scientifique et extraterrestre.

Ce vortex des Réformés est abordé dans plusieurs autres vidéos réalisées depuis par d'autres traqueurs du paranormal, des ufologues ou des fans de Guieu, qui tous le citent dans leurs textes ou dans leurs films. Jimmy, lui, a fait référence à un autre vortex dans son roman *Le vol AF 54679 ne répond plus*. C'est par la présence d'un vortex qu'il explique le crash d'un Airbus A320 reliant les aéroports de Lyon-Satolas et Strasbourg-Entzheim (en réalité la fameuse catastrophe du Mont Saint-Odile d'un A320 d'Air Inter, qui fit 87 morts le 20 janvier 1992). Des vortex, ces portes dans l'espace-temps, les traqueurs de paranormal en situent au moins un autre en France au lieu-dit Serbaïrou, sur les hauteurs de Rennes-les-Bains (dans l'Aude), non loin de Rennes-le-Château bien évidemment.

Mais à Marseille, le vortex des Réformés a donné des idées aux mondes de l'underground, en particulier du rock. Il faut dire qu'il est situé juste à deux pas de la rue Consolat, la rue la plus rock de la ville, qui héberge une faune de « déphasés » (le mot n'est pas de moi), entre le bar du Chapitre et la petite salle de concerts de l'Enthröpy. Pour certains, passionnés par le sujet, ces « déphasés » ne seraient pas là pour une autre raison que la présence du vortex, soient qu'il en aient réchappé et aient été rejetés là, soit au contraire qu'ils soient attirés par une sorte de « signal » qui les aurait guidés jusqu'au vortex en attendant qu'ils puissent y pénétrer.

Ce vortex a sa belle petite renommée à Marseille, puisqu'il a aussi donné un nom à un agenda culturel, *Vortex*. Ecoutons ce qu'en dit sur Internet son fondateur, Sammy Delabre, également fondateur d'une autre petite salle, la « Salle Gueule », et dont l'agenda s'est donné pour mission de donner les programmes précisément des petites salles rock de Marseille au milieu des années 2010 (Enthröpy, Embobineuse, Salle Gueule, Machine à Coudre, etc) : « *Je voulais créer un truc sur la vie musicale, voire politique et militante d'extrême gauche à Marseille. En mai 2014, j'ai eu l'idée de l'agenda. Je l'ai appelé 'Vortex' par rapport au vortex des Réformés : des gens auraient aperçu des phénomènes étranges autour de l'église et ça a été théorisé par un écrivain de science-fiction, Jimmy Guieu.* »

Et puis pour compléter l'influence de ce vortex sur le rock marseillais, signalons l'album *Vortex des Réformés*, de « Bill Vortex », que l'on peut écouter sur BandCamp. Deux pistes de ce disque font directement référence au vortex, l'une est un instrumental plutôt psychédélique, intitulé *Les Portes du Futur*, l'autre est précisément un extrait, court, de 32 secondes, d'un des témoignages de la vidéo *Les Portes du Futur*.

Si vous lisez ce livre, c'est que votre esprit n'est pas hermétiquement fermé à l'éventualité de phénomènes aussi inattendus qu'un « vortex » comme celui-ci. Fut-il en plein Marseille, en haut de la *Cane Cane Canebière* chère à Vincent Scotto, Alibert et René Sarvil. Mais la chanson ne disait-elle pas qu'elle « *finit au bout de la Terre* »… Peut-être bien parce qu'elle passe par ce fameux vortex ?

16 – Buffalo Bill et un indien

Marseille est la ville de toutes les immigrations (voir plus haut), c'est bien connu. Fondée par les Grecs de Phocée, passée sous l'emprise romaine, possession wisigothe, burgonde, terre de razzias mauresques, puis cité française, elle a accueilli de toute éternité juifs et Arméniens, Nord-Africains musulmans ou non-musulmans, Africains, Comoriens et Réunionnais, Italiens et Espagnols bien sûr, Portugais, mais aussi Suisses et Belges, Britanniques et Vietnamiens, Chinois et, ne les oublions pas, des Français « de France », soit qu'ils l'aient choisi, soit qu'ils aient été nommés ici par l'administration de notre beau pays.

Mais, dans cette tour de Babel marseillaise, si longtemps habile à « créer » des Marseillais plus que des Romains ou des Français (ce qui, au passage, est peut-être au bout du compte ce qui singularise le mieux notre ville), il est rarissime de décompter des Américains, fussent-ils du Sud, du Nord ou du Centre. Alors, un Indien, un Indien d'Amérique, un Peau-Rouge…

Et pourtant.

Voici l'étrange histoire de l'indien Sioux Charging Elk, « Elan-qui-Charge ».

Comment est-il arrivé jusqu'à nous et pourquoi est-il resté à Marseille, c'est l'histoire du roman de James Welch *A la grâce de Marseille*. James Welch est lui-même amérindien, né dans la réserve des Indiens Blackfeet (Pieds-Noirs) de Browning, dans le Montana, en 1940. Et c'est à Missoula, toujours dans le Montana, là où est née une des grandes écoles littéraires américaines de la deuxième moitié du XXe siècle (Jim Harrison, James Crumley, mais aussi Richard Hugo ou Robert Sims Reid) que Welch décède en 2003. Peut-être a-t-il trouvé à Marseille par le jeu des homonymies un écho à son appartenance « Pied-Noir », allez savoir, toujours est-il que c'est après un passage dans notre ville qu'il décide d'écrire l'aventure de Charging Elk. C'est ce qu'explique mon camarade Cédric Fabre, journaliste et romancier, dans une longue interview consacrée à James Welch en 2001 dans le journal *L'Humanité*. C'est James Welch qui parle : « *J'étais à Marseille en 1995, lors de la sortie de mon roman* Comme des ombres sur la terre, *avec mon éditeur,*

Francis Geffard. Je venais de faire des signatures dans une librairie et nous buvions un verre à la terrasse d'un bar. Un gars s'est installé à côté de nous ; il était vêtu comme un cow-boy, une chemise en jean, des bottes. Et il s'est mis à raconter que sa grand-mère, une Indienne, était venue avec le Wild West Show de Buffalo Bill à Marseille en 1905. Là, elle serait tombée amoureuse d'un homme, ils se seraient mariés. Nous ne savions pas trop si cette histoire pouvait être vraie, et nous avons rigolé. Puis petit à petit, j'y ai repensé, en me demandant comment un Indien aurait pu survivre à Marseille. »

Nanti de ce tout début de trame romanesque, Welch poursuit : « *Ce qui m'intriguait était d'imaginer un Indien dans une ville comme Marseille. Il n'est même pas intégré dans la culture américaine des Blancs, il ne parle même pas anglais (…) J'ai choisi Marseille parce que cette ville m'apparaissait être déjà, à la fin du siècle dernier, une sorte de melting pot (…) C'était passionnant tous ces gens prenant Charging Elk pour un Nord-Africain, ou un Levantin. Cependant, il reste tout de même « différent ». J'ai, par ailleurs, voulu éviter d'utiliser comme toile de fond Paris, car c'est une ville dont tout le monde croit pouvoir se faire une idée, et le décor urbain aurait pris le pas sur l'histoire.* » L'histoire, c'est donc celle d'un exilé, doublement exilé même, loin de sa terre, et sans espoir de trouver d'autres personnes de la même culture que lui. « *Quand les siens se sont rendus aux Blancs*, explique James Welch à Cédric Fabre à propos de son personnage, *il a, lui, refusé de vivre dans la réserve : il rejette le christianisme, l'école des Blancs ; il ne veut pas devenir 'quelqu'un d'autre'. Il rejoint alors d'autres jeunes, qui vivent encore libres dans un endroit caché ; les Blancs les appellent 'les mauvais Indiens'. Puis il est embauché par Buffalo Bill et se retrouve à Marseille avec la troupe du Wild West Show ; lorsqu'il est 'oublié' par ses amis, c'est pour lui un deuxième exil, mais qu'il n'a pas choisi (…) C'est vital pour lui de se rappeler qu'il est indien. Il le fait à travers la mémoire, à travers les rêves, les prières à Wakan Tanka, le Grand Mystère. Il croit toujours que le Grand Esprit est là, veillant sur lui. Davantage que Notre-Dame de la Garde !* »

Dans le roman, Charging Elk, qui s'est engagé dans la troupe de Buffalo Bill, joue donc les Indiens à cheval pour les foules émerveillés d'Europe jusqu'au jour où il fait une mauvaise chute, à Marseille. Il se réveille à l'hôpital, il s'enfuit, erre entre le Vieux-Port et la gare du Prado et découvre que la troupe a levé le camp. Il est coincé à Marseille et va devoir s'y inventer une vie, dans un monde qui lui est totalement étranger. Il apprendra la langue des Blancs 'de l'Ancien Monde', travaillera dans une savonnerie, et épousera une Française…

Mais cette histoire n'est peut-être pas si éloignée que ça de la réalité. Outre le personnage rencontré par James Welch à la terrasse d'un café marseillais, l'histoire de cet Indien « coincé » à Marseille n'a rien de totalement invraisemblable si l'on pense à la venue en Europe, à la fin du XIXe siècle puis au début du XXe, du *Wild West Show* de William Frederick Cody, alias 'Buffalo Bill'. Il fera escale à Marseille par deux fois : en 1889 tout d'abord, puis en 1905. Le show retrace la conquête de l'Ouest avec force acteurs, animaux et figurants. Quand il déboule à Marseille fin octobre 1905, c'est une véritable armée, forte de 800 hommes et 500 chevaux, acheminés par trois trains spéciaux, explicite le catalogue de l'exposition « Buffalo Bill à Marseille », organisée en 2008 par le Musée d'Histoire de Marseille. Il y restera jusqu'en mars 1906, installé sur un terrain qui est la propriété des chemin de fer du PLM, à l'angle du Boulevard Rabatau et du 'Grand chemin de Toulon'. Les spectacles s'arrêtèrent le 10 novembre 1905 et si Buffalo Bill lui-même ne revint qu'en février 1906 pour préparer les dernières dates avant de poursuivre la tournée dans d'autres pays européens, la majorité de la troupe hivernât, elle, à Marseille. De là à penser que des liens ont pu se créer entre Indiens et Américains d'un côté et Marseillais de l'autre, il n'y a qu'un petit pas à franchir. Et notre Changing Elk n'aurait même pas eu besoin d'avoir un accident de cheval pour décider, pourquoi pas, de rester à Marseille. D'ailleurs, il se raconte que quelques Indiens de la troupe, séduits par la douceur méridionale, choisirent de finir leurs jours ici…

Vrai ou faux, ce qui est certain en revanche, c'est qu'en 1907 un certain Jean 'Joe' Hamman, un jeune Parisien qui avait rencontré Buffalo Bill et même participé à la tournée française du *Wild West Show*, va commencer à tourner du côté de Paris puis en Camargue des petits westerns bon marché. En Camargue, il croise la route de Folco de Baroncelli, poète et écrivain, manadier et émule de Mistral. Hamman va utiliser le manadier, ses hommes et ses chevaux pour interpréter cowboys et Indiens dans ses films, les premiers 'westerns'. Inspirés du *Wild West Show*, les films de Hamman ont à la fois créé un genre cinématographique qui fera florès à Hollywood et formalisé la notion de « gardian » et même l'iconographie et la tradition camarguaise.

Mais ce n'est pas tout. Un Indien Sioux à Marseille aujourd'hui, il y en a bien un finalement : il s'appelle Jean Michel Wizenne, il est fondateur du groupe rock Medicine Groove Trio, conférencier et écrivain, spécialiste de l'histoire des réserves indiennes aux USA. Wizenne, qui est né à Marseille, a séjourné à plusieurs reprises parmi les Sioux Lakota, a appris la langue des Sioux et chante ainsi plusieurs titres en lakota. De plus il fait maintenant officiellement partie, comme membre à part entière, de la famille « Thin Elk », de la réserve de Rosebud au Dakota du Sud… *Thin Elk*, « Elan-Mince », comme le personnage de Welch était lui *Charging Elk*. Décidément, Marseille aime les élans, un animal à rajouter peut-être à notre bestiaire, ce qui le rendra plus exotique que les cigales, les gabians et les rats…

17 – Ovnis

Ah oui, les ovnis… Parmi les mystères de notre société, en voici un qui nous occupe bien. Depuis la nuit des temps, les hommes ont observé le ciel, et depuis la nuit des temps ils se posent des questions sur ce qu'ils y voient. Depuis le milieu du XXe siècle, avec l'idée que nous, les humains, pourrions un jour aller dans l'espace, et de plus en plus loin dans l'espace, est aussi née l'idée, corollaire, que des habitants de l'espace pourraient bien eux aussi venir jusqu'à nous… Dans des soucoupes volantes, des cigares volants, des vaisseaux intergalactiques, bref, des « ovnis ».

Le ciel de Provence s'en est même fait une spécialité, du côté du plateau de Valensole, depuis que le 1er juillet 1965 l'agriculteur Maurice Masse y a vu un grand vaisseau « en forme de ballon de rugby » et deux créatures humanoïdes qui l'ont tenu à distance à l'aide d'un « faisceau bleu » sorti d'un tube qu'ils ont pointé dans sa direction lorsqu'ils se sont aperçus de sa présence. Sa paralysie a ainsi duré quelques minutes, puis les deux individus *aliens* sont remontés dans leur engin, qui s'est envolé.

Certes, Valensole n'est pas un quartier de Marseille, mais il n'y a que 100 kilomètres qui séparent les deux lieux, 100 kilomètres, à l'échelle du cosmos… Mais quelques observations d'ovnis ont bel et bien eu lieu aussi, sur le territoire marseillais, moins flagrantes, moins nettes, sans « rencontre du 3ᵉ type », mais que nous allons cependant vous préciser.

On trouve les premières sur Internet…

21 mars 1989

C'est un mardi. Vers 19h30, un phénomène lumineux apparaît sur l'horizon ouest de la ville, visible pendant plus d'une heure. On peut en voir un cliché sur internet. Il ne s'agirait pas toutefois d'un ovni, mais de l'explosion d'une fusée dans la haute atmosphère, une fusée qui aurait été tirée depuis Biscarosse, dans les Landes, où se trouve le Centre d'essai de lancement de missiles dépendant de la DGA (Direction générale de l'Armement). Mais, d'après l'auteur de la photo, le Centre d'essai n'a pas voulu donner davantage d'explications. Un léger doute plane donc dans l'esprit des amateurs d'ovnis.

Référence Google pour celles et ceux qui voudraient aller voir la vidéo : *Ovni Marseille 2019 #ovni #ufo*

19 novembre 1993
Le témoignage a été relevé par un expert en la matière, l'écrivain et ufologue Jimmy Guieu, dans le dernier « épisode » de sa collection *Les Portes du Futur*. Le témoignage date de 1994 et concerne une observation d'ovni au-dessus du massif de Marseilleveyre, au sud-est de Marseille, qui a eu lieu en novembre 1993, « *le 19 novembre vers 22h15* », rapporte précisément « Renaud », alors adolescent et résident du Roy d'Espagne, une observation qui ferait d'ailleurs écho à un autre témoignage au-dessus du même massif en 1954. Ce que rapporte « Renaud » dans cette vidéo, c'est qu'il a vu un « *appareil* » en forme de « *goutte d'eau* » qui longeait la crête de la colline. Le lendemain, dans l'après-midi, son frère « Olivier » se rend sur les lieux, dans le massif de Marseilleveyre et, à sa grande surprise, croise à son tour cette fameuse « *goutte d'eau* », laquelle, devant se yeux, est « *sortie du sol, s'est élevée et a disparu* ».

Plus avant dans la vidéo, la maman des deux adolescents, « Liliane », rapporte à son tour avoir vu le phénomène, un soir, alors qu'elle observait les étoiles depuis son balcon. Une « *apparition* » de type « *ovni* », mais « *elliptique, en forme de goutte, assez énorme* » s'est dirigée vers la colline et, au lieu de s'y « *fracasser* », elle a « *disparu* » dans la colline. Jimmy Guieu et son équipe se sont rendus sur les lieux de l'observation quelques mois plus tard, mais n'ont rien pu déceler qui corrobore les dires des trois observateurs.

Référence de la vidéo :

https://www.youtube.com/watch?v=fcwwBVb_L6Y

6 octobre 2019

C'est un dimanche. Sur un forum de discussion en ligne, un interlocuteur indique qu'il a filmé « *deux boules lumineuses sans le savoir* », à 22h30, dans le 3e arrondissement de Marseille. Il précise avoir pensé qu'il s'agissait d'avions, mais en contextualisant il indique : « *Le soir là où j'habite j'en vois très peu* » et « *ils n'ont pas la même trajectoire…* ».

Un autre membre du forum lui répond quelque temps plus tard : « *Fin novembre j'ai vu une boule de flammes bleue passer devant ma fenêtre vers 21h, c'était très bas, ça venait de ma droite, ça a ralenti puis accéléré rapidement vers la gauche* ». L'observation a eu lieu « *boulevard de Roux* », précise l'interlocuteur, « *le 28* ».

Dans la discussion qui se poursuit sur le forum, une autre personne dira avoir elle aussi vu les « *deux boules lumineuses* » du 6 octobre, précisant que « *c'était vraiment bien visible* ».

Le mystère reste entier.

Peu d'observations référencées donc sur Internet. Voilà qui ne ferait pas de Marseille une grande ville en ce qui concerne les témoignages d'ovnis… Peut-être les extraterrestres ont-ils entendu jusque dans leurs lointaines planètes le « Marseille bashing » qui énervait tant Jean-Claude Gaudin quand il était le maire de la ville ? Ou peut-être pas. Car il convient d'aller plus loin. Et pour cela on peut s'intéresser aux observations notifiées par le Geipan et consultables sur son site Internet. Qu'est-ce que le Geipan ? Il s'agit du Groupe d'études et d'informations sur les phénomènes aérospatiaux non identifiés, un service tout ce qu'il y a de plus officiel, dépendant du CNES (Centre national d'études spatiales), basé à Toulouse, dont la mission est d'archiver et analyser les phénomènes aérospatiaux non identifiés (ou « PAN », selon la terminologie du CNES). Ces phénomènes sont classés de A à D, les cas « D » étant les plus mystérieux. Le Geipan est fort de quinze membres, qui représentent la Gendarmerie nationale, la Police nationale, la Sécurité civile, la Direction générale de l'Aviation civile, l'Armée de l'air, le Centre national de la recherche scientifique, Météo-France et le bien évidemment le CNES. Du très sérieux, donc. Or, que dit le Geipan à propos de Marseille ? De 1981 à 2018, il recense 17 cas dans les Bouches-du-Rhône, dont 3 sont classés « C », c'est-à-dire comportant des « *éléments insuffisants pour conclure* », ni dans un sens ni dans l'autre. Voici ces trois cas « C » :

Le premier date du 31 août 1996. Un témoin observe « *un objet lumineux de forme pyramidale qui scintillait sur les arêtes* », il

va même en observer dans l'heure qui suit
« *six autres* », et son épouse témoignera
également auprès des gendarmes dépêchés
pour les écouter.

Le deuxième, le 10 janvier 2005, relate
l'observation d'une « *forme arrondie, très
lumineuse, silencieuse* » composée de « *deux
cercles de lumière* » qui « *se déplace de
gauche à droite* » et « *tourne sur elle-
même* ». L'observation est faite dan un
premier temps par une femme seule mais
rejointe ensuite par son entourage et ses
voisins.

Le troisième cas « C », enfin, date du 12
juin 2009, à 23h10, à Marseille. « *J'étais en
train de regarder le ciel lorsque j'ai vu les
étoiles bouger*, raconte la témoin, qui a
prévenu les autorités compétentes par
téléphone, *en fait j'ai vu un triangle qui me
survolait. Il était déjà là, car je ne l'ai pas vu
arriver. Il n'y avait pas de bruit provenant de
l'engin, aucun souffle. Il planait
majestueusement, à une vitesse assez
importante mais suffisamment lente pour être
vu. Je pense que c'était énorme mais je pense
que c'était à une altitude de 10 000 mètres.
La masse était très noire et compacte et on ne*

distinguait pas les étoiles à travers. Il avait une forme de triangle matérialisée par les lumières des étoiles. Il y avait onze à douze lumières par côté du triangle. La base était en biais et n'était formée que par deux « lampes ». Il volait du Nord vers le Sud et il allait vers la mer, tout droit. » Selon le croquis joint au témoignage de cette dame, l'événement aurait eu lieu non loin de la gare (aujourd'hui fermée) du quartier de Saint-Barthélémy, dans le 13ᵉ arrondissement.

* * *

Je comprends bien votre déception. Pas de petit homme vert ni de « petit gris », zéro E.T. au palmarès, pas même une trace physique (de la terre brûlée là où un « ovni » aurait été vu, des moteurs de voiture qui s'arrêteraient soudainement), rien. Juste une poignée de témoignages, tous fatalement sujets à caution. Des mystères qui n'en sont pas. Il faudra encore tirer la pelote. De « Mars » à « Marseille », on a pourtant tellement envie d'y croire.

18 – Jimmy Guieu

Henri-René Guieu, dit Jimmy Guieu, né à Aix-en-Provence, 1926-2000, repose en Eure-et-Loir.

En réalité Jimmy Guieu n'est pas Marseillais. D'ailleurs, sa dépouille repose aujourd'hui au cimetière de La Chaussée-d'Ivry, en Eure-et-Loir. On ne peut pas dire que cela soit très provençal. Pourtant, c'est bien entre Marseille et Aix que cet ufologue, prévisionniste, écrivain d'anticipation, résistant et visionnaire, homme de radio, conférencier et vidéaste a fait l'essentiel de sa carrière. Peut-être passait-il par le vortex des Réformés (voir plus haut) pour aller d'un point à un autre, peut-être n'est-il pas vraiment en Eure-et-Loir mais dans une autre galaxie ou une autre dimension, en train de sourire à nos questionnements répétés sur le devenir de notre monde, à ses relations avec l'ailleurs, à notre misérable condition d'aveugles… Peut-être.

Ce livre, aussi fantasque soit-il, est aussi un hommage à Jimmy Guieu en particulier et à tous les écrivains et cinéastes de science-fiction en général. De Jules Verne, H.G. Wells et Arthur Conan Doyle à Jœ Dante,

Neill Blomkamp et John Carpenter. A tous ceux qui tâtonnent dans le noir, loin des dogmes, qu'ils soient religieux ou scientifiques, qui s'efforcent de garder leur esprit totalement ouvert et qui ne crient pas à la mystification, à l'impossible ou au blasphème chaque fois que quelque chose d'étrange ou d'incompréhensible surgit dans le champ du réel. Il faut posséder une intelligence sacrément souple et tolérante pour être Jimmy Guieu. Pour envisager que la vérité n'est peut-être pas celle que l'on nous dépeint, voire pour envisager que plusieurs vérités pourraient cohabiter, voire même que la vérité est un leurre, l'ultime mystification.

Ce champ ouvert des possibles, Guieu l'a fait sien, mais dans sa foulée – ou parfois sans le connaître – notre ville et notre région ont vu surgir une foule d'auteurs, de scénaristes, de réalisateurs qui n'ont pas peur de ces chemins de traverse, qui les empruntent avec détermination. Georges Foveau, Sabrina Calvo et Steeve Calvo, Alain Damasio, Jacques Barbéri, Eric Hossan, Henri-Frédéric Blanc, les « Filles de Gyptis », Célia Ibanez, Cécile Duquenne, Jérôme Alquié, etc, sont de ceux-là. Qu'ils soient remerciés ici pour leur manière différente d'aborder nos territoires, notre ville, notre monde. Et que ceux qui ne sont pas dans cette courte liste veuillent bien m'en excuser s'ils ont vent de cet ouvrage.

Quant à Jimmy Guieu, pour revenir à lui, vous avez lu son implication marseillaise à propos des ovnis et à propos du vortex des Réformés, voici simplement quelques titres à lire ou à relire, écrits et publiés avant Spielberg ou Stephen King, avant *X-Files* ou *Star Wars... Univers parallèles, Au-delà de l'infini, L'invasion de la Terre, Alerte zone 54, Le triangle de la mort, La mission effacée, La force noire, Plan d'extermination*, etc, côté romanesque, ou encore *Black-out sur les soucoupes volantes, Le livre du paranormal, Le monde étrange des contactés* ou encore *Terre, ta civilisation fout le camp*, son dernier opus, que l'on peut trouver sur Internet seulement.

S'il y a étrangement un côté suranné dans tout ce qu'il a produit, comme si cela était l'ultime démonstration que le fond est bien plus important que la forme, rien ne vous interdit d'utiliser Jimmy Guieu comme une clé pour, à votre tour, ouvrir votre esprit. Ce livre aura au moins servi à cela.

19 – Rimbaud et Marseille

L'attentat de la gare Saint-Charles, le naufrage du *Liban*, la « révolution » de Charles de Casaulx, les mystères autour de la mort de Gaston Defferre, l'ère Sabiani, l'immortel Jacky « Le Mat » qui survécut à une fusillade avec 22 balles dans le corps (mais c'était à Cassis), le plongeon de Marcel Leclerc dans le Vieux-Port après la victoire de l'OM en coupe de France de football en 1969, l'épisode de la « Ville sans nom », la légende de Gyptis et Protis, l'effondrement des immeubles de la rue d'Aubagne, l'électron libre Didier Raoult, Bernard Tapie et la coupe d'Europe de football en 1993, la première élection d'une femme pour diriger la ville en 2020, le marégraphe de la corniche (qui donne l'altitude zéro pour toute la France continentale), la prise d'otages du vol 8969 en 1994 (à Marignane), le siège de la ville par les troupes de César en 49 av. J.-C., l'invention du tarot de Marseille, Varian Fry et la villa « Air Bel » à la bastide des Boissons à La Pomme, les tournages de Marcel Pagnol, l'incendie des Nouvelles Galeries, etc, la ville est riche en petites et grandes histoires.

Toutes ont fait peu ou prou le bonheur des littérateurs, sous forme de livre, d'article, de guide, de récit historique, de chronique, ou de toute autre manière, à la télévision ou au cinéma aussi. Chacune le mérite et chacune peut s'avérer passionnante. Il en reste bien d'autres, nous en avons gardé une pour servir de dix-neuvième étape de ce tour de Marseille : la mort d'Arthur Rimbaud à l'hôpital de la Conception, en 1891. Rimbaud avait 37 ans et une vie déjà bien remplie, même si elle reste, pour partie, un mystère.

…On connaît bien sûr le poète, ou tout au moins ses textes, on sait de lui à cette époque qu'il vécut une aventure tumultueuse avec un autre poète, Paul Verlaine, de quelques années son aîné, mais son histoire littéraire s'arrête là, assez brutalement, alors qu'il avait vingt ans. Marginal qui avait publié son recueil *Une saison en enfer* à compte d'auteur, Rimbaud cherche autre chose. Provocateur au sein du monde littéraire parisien, il y est une sorte de paria, il dérange. A tel point qu'il en sera d'une certaine manière chassé. Rimbaud cherche autre chose, une autre vie. Libertaire, libre, il n'a apparemment pas de limites et pas d'idéalisme non plus. Il apprend les langues et le négoce et se lance dans d'innombrables voyages. Londres, l'Allemagne, l'Italie, il est devenu l'homme errant de ses poèmes, celui qui « *s'en allait, les poings dans ses poches crevées* ».

On le croisera en Italie, Suisse, une première fois à Marseille où il est hospitalisé en 1875 après avoir été rapatrié depuis Livourne sur le vapeur *Général Paoli*. Il veut alors passer son bac et faire Polytechnique, mais, à 21 ans, il est déjà frappé par la limite d'âge. Il se fait raser le crâne, est expulsé d'Autriche pour « vagabondage » et s'enrôle in fine dans l'Armée coloniale néerlandaise. Le voilà à Batavia (aujourd'hui Jakarta), en 1876, au sein d'une unité chargée de réprimer une révolte sur l'île de Sumatra. Mais au bout de quelques semaines il se fait déserteur et réussit à embarquer comme matelot sur un voilier écossais en partance pour l'Irlande. Après l'Irlande le voilà en Norvège, en Suède, au Danemark, à Hambourg.

Et le revoici à Marseille. Cette fois pas d'hôpital, il est là pour embarquer, pour Alexandrie, en Egypte, mais l'aventure fait chou blanc, il est débarqué sur la côte italienne, à Civitavecchia, pour cause douleurs gastriques, et de là il est renvoyé sur Marseille. On l'imagine encore à l'hosto, avant de rentrer quelques temps chez lui, dans les Ardennes.

Une vie bien agitée pour un p'tit gars qui a tout juste 24 ans. Mais le garçon est pressé, probablement bousculé dans sa tête par une force innée qui le pousse à approfondir le sens de sa vie, ou du moins à le trouver. Les voyages, le baroudage, semblent être la seule réponse qu'il ait pu formuler, une fois la poésie évanouie avec l'adolescence… Alors que son père vient de mourir, il parvient à embarquer, de Gênes cette fois, pour Alexandrie, fin 1878. Il cherche du travail et en trouve, comme chef de chantier à Larnaca, sur l'île de Chypre. Mais, décidément, Rimbaud a une petite santé. Cette fois, c'est le palud qui lui tombe dessus et le contraint à retourner d'où il vient, dans sa famille, dans les Ardennes. Il s'y repose quelque temps et décide de repartir. le revoilà à Marseille, atteint d'une belle crise qui l'empêche d'aller plus loin. On l'imagine à nouveau à l'hosto, et on imagine la galéjade des médecins : « *Oh, Monsieur Rimbaud ! Ça faisait un moment qu'on vous avait pas vu chez nous, on s'inquiétait ! Mais vous êtes malade, on est rassuré !* » retour à l'envoyeur, il passera l'hiver dans les Ardennes.

Mais Rimbaud est têtu et Charlestown (Charleville, en version anglaise, comme, dit-on, il aimait à la dénommer), décidément, n'est pas sa tasse de thé. Au printemps 1880, il débarque à Chypre, y trouve momentanément un boulot, puis il file durant l'été vers l'Egypte et la mer Rouge. Le voici en Arabie : Djeddah, Hodeidah. C'est là, à Hodeidah, au Yémen, là où est né dans l'Antiquité le *moka*, qu'il croise le chemin d'un dénommé Trébuchet, agent d'une société marseillaise importatrice de café, qui le recommande à la maison Mazeran, Viannay, Bardey et Cie, à Aden, laquelle exporte du café, mais aussi des peaux, de l'ivoire, de l'or. C'est pour cette société, avec laquelle il a signé un contrat de trois ans, qu'il va se rendre à Harar, à 300 kilomètres de Djibouti, en Afrique donc, de l'autre côté de la mer Rouge, sur les hauts plateaux de l'est de l'Ethiopie, à plus de 1800 mètres d'altitude. Ville musulmane parfois considérée comme « la 4e ville sainte d'islam », aujourd'hui classée au patrimoine mondial de l'Unesco, Harar devient la nouvelle patrie d'un Rimbaud qui ne veut plus rentrer en Europe. Mais qui a toujours des velléités de voyages. Aussi est-il envoyé par son patron en campagne dans des territoires inconnus des Européens, chargé de ramener tout ce qui peut se revendre. Ce Rimbaud déjà usé, souvent malade, qui espère obtenir la direction du comptoir de Harar mais qui ne l'aura pas pour l'instant, décide un peu plus tard de donner sa démission. Nous sommes en décembre 1881, il retourne à Aden, mais revient finalement à Harar lorsqu'un poste qui lui convient mieux lui est offert. En 1883, à Harar, faisant de la photo et rêvant de fonder une famille, Rimbaud semble apaisé. Il explore l'Ogaden, actuelle région séparatiste du sud-est de l'Ethiopie, et envoie à la Société de Géographie, à Paris, un mémoire, « Rapport sur l'Ogadine ». Pendant ce temps, sa légende de poète – et même de poète maudit – est en train de naître grâce à Paul Verlaine qui publie, lui, dans la revue *Lutèce*, une étude accompagnée de poèmes intitulée *Les poètes maudits*, dans laquelle Rimbaud tient une place de choix. Mais la guerre intervient, la guerre du Soudan, ou guerre des Mahdistes, qui oppose un certain nombre d'insurgés locaux, musulmans désireux d'établir un émirat, aux occupants anglo-égyptiens. Les affaires périclitent et les années qui suivent sont mauvaises pour la société dans laquelle travaille Arthur Rimbaud. A tel point que l'ex-poète va finalement quitter la maison Mazeran, Viannay, Bardey et Cie, pour s'engager dans un autre commerce, a priori bien plus lucratif, celui des armes.

En 1885, voilà que notre Rimbaud s'associe avec un certain Labatut pour fournir des armes à Menelik, futur « Negus » et « Roi des Rois » de l'empire éthiopien, celui qui battra les Italiens à la bataille d'Adoua en 1896, assurant ainsi l'indépendance de son pays. De 1885 à 1887, ce sont caravanes, privations, traîtrises financières et décès de ses associés successifs qui attendent Rimbaud. Il s'en sortira toutefois et rejoindra finalement l'Egypte, assez peu argenté et rêvant de repartir à Zanzibar ou à Madagascar, ou d'être missionné par la Société de Géographie. Il repartira finalement à Harar, où, après de complexes tractations commerciales, il parvient à ouvrir un comptoir à son nom en

1888. Il le tiendra jusqu'en 1891. Atteint de douleurs aux jambes et au genou, Rimbaud perd peu à peu de sa mobilité, jusqu'à se retrouver bloqué. Il parvient à liquider ses affaires à Harar et le voilà, le 9 mai 1891, embarquant sur un trois-mâts goélette à vapeur des Messageries Maritimes, l'*Amazone*, qui quitte Steamer Point, le port d'Aden, pour se rendre à Marseille.

Où il débarque le 20 mai 1891 pour être envoyé illico à l'hôpital de la Conception, car son genou et sa jambe ne vont pas mieux et une amputation est envisagée…

* * *

Je vous ai donc raconté, avec plus ou moins de bonheur, la vie d'Arthur Rimbaud… Ce n'était pas mon propos, puisque mon intention était de vous parler de sa mort, à Marseille.

Il en va parfois ainsi lorsque l'on écrit, on se fixe un but, une direction, mais on ne s'y tient pas, sans raison valable, jusque parce que l'on est emporté par ce qu'on est en train d'écrire. C'est pourtant facile, et encore plus facile depuis que l'on écrit sur ordinateur, avec des « traitements de texte », de maltraiter ce que l'on vient de rédiger et de l'enlever, l'effacer, le gommer, l'araser. Mais, somme toute, pourquoi ? Pourquoi est-ce je ne vous aurais pas parlé de la vie d'Arthur Rimbaud ? Non que je sois un savant exégète, l'auteur d'une thèse sur ses années à Harar, ou bien sa famille, ou encore sur la société Mazeran, Viannay, Bardey et Cie , ou sur l'histoire de l'Ethiopie à la fin du XIXe siècle. Je ne suis rien de tout cela. Mais la vie d'Arthur Rimbaud appartient aussi, un peu, à Marseille, une ville où il est passé tant de fois, en partance vers ses ailleurs, une ville où finalement il est mort, une ville qui, malgré son incompréhension affichée de la poésie, a su lui dresser un monument. Sur le tard il est vrai, près d'un siècle après sa mort, mais un monument tout de même, un « Bateau Ivre » qui regarde la mer depuis les plages de la Corniche.

* * *

Rimbaud, donc, débarque à Marseille, mal en point, le 20 mai 1891. Sa jambe droite est devenue énorme. Il est amputé, sur décision des docteurs Nicolas et Pluyette. Sa mère vient le voir, puis repart. Si l'opération s'est bien déroulée, « *il souffre d'une forte névralgie à la place de la jambe coupée* », écrivent les professeurs Yves Baille et Georges François, qui ont retracé le récit de cette opération pour l'Association des Amis du Patrimoine Médical de Marseille. Rimbaud apprend toutefois à se déplacer avec des béquilles, puis une jambe de bois. Il remonte dans les Ardennes, mais son état empire. En août, malgré tout désireux de retourner à Aden, il repart pour Marseille, pour s'y faire soigner en restant à proximité du port d'où il espère pouvoir embarquer à nouveau. Il est admis à l'hospice de la Conception. Sa sœur Isabelle, qui l'a accompagné, prend une chambre en ville et se rend tous les jours à son chevet. Rimbaud est au plus mal. Ses bras enflent et se paralysent, les douleurs sont horribles, il est maigre et il délire. Les médecins ont diagnostiqué un néoplasme de la cuisse, autrement dit une tumeur, susceptible de dégénérer en cancer. Il meurt là, le 10 novembre 1891, sur son lit de souffrances à la Conception, accompagné par sa sœur, dans l'anonymat le plus total. Sa dépouille sera transférée à Charleville, où il est enterré.

* * *

S'il n'y a pas de rue ni d'avenue Arthur Rimbaud à Marseille, il y a tout de même un collège, dans le 15ᵉ arrondissement. Mais il est vrai que la relation, durable et récurrente entre Rimbaud et Marseille, n'est pas une relation d'amitié mais une simple nécessité, comme l'écrit Jean-Baptiste Baronian, dans le *Dictionnaire Rimbaud* (2014, Robert Laffont) : « *C'est simple : dès que Rimbaud voulait aller au Moyen-Orient, il n'y avait en France qu'un seul port où des bateaux se rendaient en Égypte. Et c'était Marseille* ». Marseille, carrefour du monde, ville des voyageurs, hier beaucoup plus qu'aujourd'hui… « *Rimbaud étant un voyageur, il était obligé de passer par Marseille !* », insiste Jean-Luc Steinmetz dans sa biographie de Rimbaud, *Une question de présence* (Taillandier).

S'il est passé par notre ville quatre ou cinq fois, s'il en a sporadiquement fréquenté ses milieux « interlopes », Marseille n'était donc pour lui qu'une ville de passage, vers l'Arabie et vers l'Afrique. C'est pourtant là qu'il est bel et bien venu mourir, plutôt que de rester « tranquillement » dans ses terres familiales ardennaises. La gare Saint-Charles et le port, point d'arrivée et de départ, sont donc ses deux véritables ancrages marseillais. Etrangement, ce sont les autorités ferroviaires qui l'ont reconnu comme tel, comme un « voyageur marseillais » : le 7 novembre 2011, pour les 120 ans de sa mort, la gare inaugure une salle d'attente Arthur Rimbaud… Un piètre lot de consolation, mais une inauguration marquante car, pour l'occasion, les autorités ont fait se déplacer la plus célèbres des rimbaldiens, la chanteuse et poétesse américaine Patti Smith, qui appelle Rimbaud son « amant secret » et qui a acheté le site de la ferme familiale des Rimbaud, dans les Ardennes.

Pour celles et ceux qui voudraient encore louer un culte à Rimbaud-le-Marseillais, reste encore, outre le monument sur la plage, à Bonneveine, la plaque gravée dans le hall de l'hôpital de la Conception, sur laquelle on peut lire : « Ici le 10 novembre 1891 revenant d'Aden le poète Jean Arthur Rimbaud rencontra la fin de son aventure terrestre ». *Ite, missa est.*

LIVRE DEUX

Ici tout est faux,
ou presque

Nota -

Il est possible que certaines histoires se retrouvent et se croisent ici et là. Vous ne m'en voudrez pas, cette ville est un tel foutoir parfois qu'on ne sait plus ce qui est vrai, ce qui est faux. Et vice-versa.

A travers uchronies, dystopies, et autres conneries marseillaises, on se demandera donc ici si Marseille n'est pas le centre du monde. Après tout, pourquoi pas ?

Marseille est infinie et ne livre jamais toutes ses vérités.

Merci de votre indulgence.

20 – Le centre du monde, vraiment ?

« *J'ai eu à la gare de Perpignan une espèce d'extase cosmogonique plus forte que les précédentes. J'ai eu une vision exacte de la constitution de l'univers* », a un jour déclaré Salvador Dali. Il se trompait bien sûr. Les Marseillais savent très bien que la gare de Perpignan **ne peut pas** être le centre du monde. Puisque le centre du monde c'est Marseille. Plus exactement, le centre du monde, c'est le marégraphe de Marseille. Sur la Corniche. Ceux qui savent rient déjà sous cape. Bien entendu, ils ont compris. C'est là, juste après l'anse de la Fausse Monnaie, qu'a été décidé, à la fin du XIX siècle, que serait calculé le zéro planétaire : le niveau à partir duquel sont définies les hauteurs des montagnes, l'altitude des villes et des villages, tout ce bazar géographique qui fait que nous avons une représentation cohérente de la Terre !

Et ça, c'est la vérité vraie. Vous pouvez vérifier.

21 – L'évasion de Poupoule

En 1924, Poupoule, deuxième du nom, était un bel éléphant que le zoo de Marseille avait acheté au Siam, l'actuelle Thaïlande. Un pays où de nombreux éléphants servaient d'aides à la construction, aux transports, aux labours et toutes sortes de choses que les humains doivent faire pour assurer leur subsistance.

Le capitaine du *Fioupélan*, un vapeur de belle allure, l'avait embarqué précisément au port de Pattaya, qui n'était pas encore cette station balnéaire internationale où les jeunes Français, et tant d'autres, à la suite de GI's américains qui ont fait sa renommée durant la guerre du Vietnam, aiment aller passer de ludiques vacances. Pattaya était alors une cité laborieuse, un village de pêcheurs à quelques encablures de la capitale du royaume, Bangkok. Et c'est à Pattaya que le *Fioupélan* avait jeté l'ancre, au large. Le capitaine Valladier s'était rendu sur la terre ferme et avait sélectionné auprès de quelques spécialistes locaux trois animaux qu'il devait ramener à Marseille, pour le zoo. C'est ainsi qu'un couple de macaques prit place sur le navire et qu'un bel éléphant dans la force de l'âge fut lui aussi acheté par le capitaine, mandaté qu'il était par les propriétaires du jardin zoologique.

On imagine que la traversée de retour ne fut pas de tout repos pour le *Fioupélan*. L'éléphant hurlait – barrissait si vous préférez – tout son soûl à chaque vaguelette, et lors des tempêtes il fallait l'attacher solidement pour qu'à lui seul il ne renverse pas le navire. Quant aux macaques, ils sautaient et couraient dans tous les sens, impossible de les tenir, impossible d'échapper à leurs facéties, à leurs rapines et à leur mauvaise humeur. Car le macaque est rarement d'humeur joyeuse.

Bref.

Après quelques semaines à ce régime, Valladier et ses hommes n'avaient vraiment plus la banane. Heureusement, le port de Marseille était enfin en vue et l'on put débarquer les importuns macaques et le bruyant éléphant. Sitôt les pattes posées sur la terre ferme, chacun redevint sage comme une image. Monsieur et madame macaque se prirent par la main et suivirent le directeur du zoo sans barguigner jusqu'à la cage qui leur était affectée, où ils retrouvèrent quelques congénères déjà pensionnaires de l'institution marseillaise. Les « retrouvailles » se firent avec quelque grabuge, mais tout rentra rapidement dans l'ordre. Il n'en alla pas de même pour « Poupoule ». Qui bien évidemment ne s'appelait pas Poupoule, mais tous les éléphants du zoo de Marseille s'appelaient « Poupoule », c'était ainsi. Après une montée en triomphe de la Canebière, sous les hourrahs de milliers de Marseillaises et de Marseillais, jusqu'au Palais Longchamp où était sis le jardin zoologique, on installa notre éléphant dans sa « maison ». Il disposait d'un petit territoire où s'activer un peu, balader et se montrer, et d'une maison en dur pour s'abriter des intempéries et où le personnel du zoo le nourrissait. Les petits enfants étaient à la fête lorsqu'ils voyait le « néléphant » mais le « néléphant », lui, n'était pas vraiment à la fête quand il voyait les petits enfants. Poupoule avait du vague à l'âme. Le mal du pays. Le *sgoumfi* éléphantesque. La nostalgie barrissante. Et toutes les nuits les habitants du quartier l'entendaient pousser sa complainte avec force décibels, bien plus que ce que peut supporter l'oreille d'un honnête dormeur. Sans compter que son camarade lion ne devait pas être bien plus heureux puisqu'on l'entendait, lui, rugir de sa plus belle voix de stentor. Un duo de fous, comme un *chjami è rispondi* dans l'Alta Rocca corse, sauf que ni le lion ni l'éléphant ne pouvaient se mettre la patte sur l'oreille et que la puissance de leurs organes sonore dépassait allègrement celle de tous les Bernardini, Guerini, Giacobbi ou autre Stromboni de l'univers en général et de l'île de Beauté en particulier. Dans le quartier on commença à s'échauffer. A se dire qu'un zoo, c'était bien beau, mais que dormir c'était encore mieux. Il fallait faire quelque chose.

Mais quoi ?

C'est alors, alors qu'ils devisaient au bar faisant l'angle du boulevard Montricher et du boulevard Longchamp, qui ne s'appelait pas encore le « Comptoir Longchamp », ou peut-être bien que si, chacun vérifiera s'il le souhaite, c'est alors qu'ils devisaient donc, autour d'un anis et de quelques arachides, que trois compères décidèrent de faire échapper les animaux délinquants sonores. Coupables : le lion et le « néléphant » qu'aimaient tant les enfants. Mais pouvait-on faire s'échapper un lion ? Il y allait de la vie des Marseillais. Un lion en liberté risquait fort d'en croquer quelques-uns au passage. Mais peut-être pourrait-on faire appel à un cirque ? Ces entreprises nomades avaient toujours besoin d'animaux pour leurs ménageries et il se disait que leurs propriétaires n'étaient pas toujours regardant sur la provenance de ces braves bêtes. Or, justement, le cirque Medrapinder-Bouglivatta, était actuellement à Toulon et devait venir à Marseille quelque temps plus tard : on décida de se rendre à Toulon tâter le terrain. Les trois gugusses prirent donc le train, gare de La Blancarde, et en avant, vers la côte varoise.

Marius, César et Toine (on n'évite pas toujours les clichés) se firent connaître auprès de la caisse du cirque et un nervi à casquette vint s'enquérir de la raison de leur visite.

– C'est qu'il y a au zoo de Marseille un bel éléphant et un puissant lion qui feraient le bonheur de votre ménagerie et de vos dompteurs, nous aimerions profiter de votre passage dans notre ville pour vous les céder, car ils embarrassent le voisinage…

De cette franche entrée en matière, le patron du zoo, car c'était bien lui qui était venu voir ce que voulaient les trois mages marseillais, déduisit que pour acquérir ces animaux, cela ne lui coûterait certes pas bien cher, mais qu'ainsi les dérober à leur juste propriétaire risquait fort d'être une aventure des plus risquées. Mais il se trouve que le bonhomme était des plus aventuriers et que, un de ses lions venant de décéder, il était à la recherche d'une bête de rechange. Sans parler de l'éléphant, qui, au regard de la description qu'en avaient fait les trois Marseillais, semblait absolument parfait pour intégrer la parade du cirque.

– L'affaire ne pourra pas se conclure lorsque mon cirque passera par Marseille, indiqua l'homme du zoo, on aurait tôt fait d'ajouter deux et deux et de venir vérifier si les bêtes disparues ne seraient pas, par hasard, dans mes roulottes…

Il fut donc décidé de surseoir, et d'attendre que le cirque Medrapinder-Bouglivatta se soit éloigné dans la pampa, du côté de Salon-de-Provence, d'Arles ou de Manosque, avant de venir, de nuit, s'occuper de Rex et de Poupoule (car tous les lions s'appellent Rex, comme chacun sait). On se serra la main et se quitta bons amis, en comptant les jours qui séparaient du forfait et de l'espoir d'une tranquillité retrouvée dans le quartier Longchamp.

Trois semaines passèrent. Rex rugissait chaque comme si sa vie en dépendait et Poupoule lui répondait par des barrissements dignes des orgues de Staline. Boulevard Longchamp, boulevard de Montricher, avenue des Chartreux, boulevard Philippon, on ne dormait plus. Les hommes, énervés, faisaient le coup de poing pour des vétilles et les femmes, rendues soucieuses par leurs nuits d'insomnies, se laissaient aller, négligeaient leur maisonnée et leur progéniture. Les enfants étaient bien les seuls qui, dormant chaque nuit du sommeil du juste, n'entendaient pas la cacophonie animalière... Le cirque avait quitté Toulon pour Marseille puis, après dix jours sur le Prado, il avait quitté Marseille pour aller s'installer aux Martigues. L'heure était venue. Il était entendu que, la nuit choisie pour commettre l'irréparable, Georges, Toine et Marius devraient s'introduire dans le zoo et n'en point sortir à sa fermeture, estourbir le gardien, et ouvrir les portes au représentant du cirque Medrapinder-Bouglivatta. Le rendez-vous était fixé à minuit.

Deux camions discrets, ne portant pas le nom du cirque et tirant chacun une roulotte, vinrent se poser vers 23h15 – 23h30 près d'une petite entrée discrète du jardin Longchamp, dans une petite rue en pente portant le nom du célèbre naturaliste Buffon. Le directeur du cirque, secondé par quatre acolytes, fit son entrée dans le jardin zoologique, muni de grands sacs et d'une grande bâche. On allait d'abord s'occuper du lion, l'endormir et l'amener jusqu'à la roulotte discrètement disposée rue Buffon. Ainsi fut fait. La cage du roi de la jungle fut proprement ouverte par deux lascars, un troisième, qui se trouvait être le dompteur du cirque Madrapinder-Bouglivatta, s'approcha de l'animal sauvage et l'endormit d'une piqûre à distance habilement tirée. Il ne fallut pas plus d'une demi-heure pour que l'affaire fut entendue. Le quatrième larron prit le volant du camion et ni vu ni connu prit la route en direction des Martigues, un lion endormi ronflant dans la cage que tirait le camion.

Restait maintenant à régler le sort de Poupoule. Etrangement, cette nuit-là, l'éléphant venu du Siam était singulièrement silencieux. Il observait et respirait, il reniflait des odeurs qui n'étaient pas habituelles. Malgré leur volonté de discrétion, le directeur du cirque, ses sbires et les trois complices marseillais, faisaient aux oreilles de l'éléphant un bruit de tous les diables. Par un étrange renversement de situation, c'était lui qui cette nuit trouvait le quartier bien bruyant ma foi. Il en tira la conclusion qui s'imposait : s'il voulait avoir la paix il lui fallait quitter cet habitat misérable et, si possible, retourner dans sa belle forêt. Pendant ce temps le bruit s'était rapproché et nos malfrats, voleurs de lions et d'éléphants et non pas voleurs de poules, avaient dûment crocheté la grille de Poupoule. Masse sombre dans la nuit, silencieux comme un crocodile aux aguets, Poupoule ne se le fit pas dire deux fois. Sitôt le passage ouvert, il s'y engouffra, écrasant au passage le directeur du cirque et sa casquette ainsi que Toine et sa moustache. A une cadence infernale, comme chargeant des ennemis, Poupoule dévala la pente du zoo, fracassa la grande porte d'entrée et se retrouva bientôt sur la place des Quatre-Chemins, toujours en silence, si ce n'est que sa cavalcade commençait, elle, à retentir dans les environs. Mais Poupoule filait si vite que personne n'eut le temps de l'apercevoir avant qu'il n'ait foncé jusqu'à la mer. Il se retrouva en bas de la Canebière, sur le Vieux-Port, là où il était arrivé de son long voyage depuis le Siam. Aucun bateau ne l'attendait, il plongea dans la Méditerranée et commença à nager. On dit que les animaux ont un sixième sens, un GPS incorporé en quelque sorte. C'est totalement faux. Poupoule nagea droit devant, jusqu'aux îles du Frioul où personne n'habitait. Personne ne sut qu'il était là, hormis les arbres et les arbustes qu'il dévora avec délices. Durant plusieurs années l'éléphant vécut heureux et silencieux. Il eût aimé avoir quelques congénères, mais il s'habitua à fréquenter les chèvres sauvages qui avaient elles aussi élu résidence sur ces arpents oubliés. On dit que les énormes ossements que l'on peut voir dans une grotte sur les îles sont ceux de dinosaures. C'est une grave erreur. C'est là que Poupoule a fini sa vie et s'est laissé mourir, une nuit de 1929, après cinq années de solitude. Son ultime barrissement passa inaperçu, sauf des chèvres, qui viennent encore se promener dans la grotte, comme en recueillement.

22 – Dieu est un ours en colère

Les petits hommes vêtus de robes de bure s'affairaient sur le Vieux-Port. Ils étaient nombreux, à vue d'œil, comme ça, sans réfléchir, on en aurait bien dénombré une centaine. En réalité, d'après la note de service envoyée par l'Archevêché, c'étaient 312 moines et 53 sœurs, soit au total 365 personnes, autant que de jours de l'année, sans compter quelques civils en renfort, qui étaient impliqués dans l'affaire. Quelle affaire ? L'érection d'un Jesus aux bras tendus, paumes ouvertes, de 33 mètres de haut. Précisément. Soit la hauteur d'un immeuble de dix étages. En bas de la Canebière, et faisant face à la mer. Les moines s'affairaient donc à redresser Jesus… Et ce n'était pas une opération facile. On pourrait même dire que pour ces hommes plus habitués à la contemplation et à la prière qu'à l'action et à l'effort physique, cela relèverait du miracle s'ils parvenaient à leurs fins. Mais l'Archevéché avait été catégorique : les hommes et les femmes de Dieu, et eux seuls, devaient réaliser cette prouesse. Pas question de faire appel à une entreprise privée, quand bien même toutes les entreprises privées étaient dorénavant validées par l'Archevêché, seul maître à bord après Dieu du vaisseau marseillais. Du moins, d'une grande partie du vaisseau marseillais.

Tout avait commencé en 2022, l'année de la réélection du président Emmanuel Macron à la tête du Royaume de France. Du *royaume*, car, dès le mois de juin de cette année-là, le président devint Roi, par décret. Il institua une monarchie constitutionnelle et se fit appeler Emmanuel Ier. Les Italiens étaient contents, cela leur rappelait leur bon vieux roi Victor-Emmanuel, premier roi de l'unification italienne. Mais qui en avait quoi que ce soit à faire des Italiens ? En France, personne, *degun*, *nobody*, *nessuno*. Sauf qu'à Marseille le sentiment italophile connut un extraordinaire regain, jusqu'à recréer des tensions phénoménales, violentes et viscérales entre les communautés de la ville. Il y eut des morts. D'un côté et de l'autre, c'est-à-dire des catholiques romains et des musulmans. A tel point que le royaume de France dut intervenir. Tel Salomon, Emmanuel, après avoir fait envoyer la troupe et tonner le canon, partagea la ville en deux : un archevêché catholique devint l'administrateur des deux tiers de la cité, un émirat sunnite eut l'octroi de gérer le tiers restant. Chacun chez soi et dieu (ou plutôt les dieux) reconnaîtra les siens. Les athées étaient honnis par les uns comme par les autres, les protestants se répartirent sans jérémiades en fonction de leurs intérêts affairistes, les chiites furent tolérés du bout des lèvres par les sunnites et discrètement accueillis par les catholiques, tandis que les juifs furent acceptés de bon gré au sein de l'archevêché. Le royaume de France d'Emmanuel Ier se voulait ouvert à toutes les religions, à condition que les sujets de Sa Majesté obéissent à la nouvelle règle commune : « Ecologie & Progrès ». Quant aux Chinois, Vietnamiens et autres bouddhistes, ils étaient devenus le ventre de la ville, si bien que personne n'eut à cœur de leur faire du tort. De fait, l'unité administrative de Marseille avait volé en éclats et chacun faisait ce qu'il voulait de son côté de la cité. La Canebière et le Vieux-Port faisant partie de l'Archevêché, l'archevêque Frédéric avait donc décidé de « marquer son territoire » par un emblème aussi imposant que possible : une immense statue de Jésus accueillant les marins au bout du Lacydon.

Voilà pourquoi de petits hommes vêtus de robes de bure s'affairaient sur le Vieux-Port. Et s'apostrophaient tout en ahanant pour redresser Jesus. « Ils font quoi les musulmans, demanda frère James, ils mettent une statue de Mahomet au sommet de la chaîne de l'Etoile ? » « Mais non », lui répondit Norton, un laïque qui était de toutes les aventures, « tu sais bien qu'ils n'ont pas le droit de représenter leur dieu… » « Mais alors, ils font quoi ? Ils peuvent pas nous laisser dresser un Jesus plus haut que la Bonne Mère sans réagir… » « Il paraît qu'ils vont raser le Mucem pour en faire une mosquée. » « Ah dis, donc, ils sont pas idiots, ça sert à rien ce truc de toutes façons, et qu'est-ce que c'est moche. Tu crois qu'on pourra y a aller, visiter leur mosquée ? »

Les conversations allaient bon train. Et Jesus grimpait, grimpait. Au bout de plusieurs heures d'effort, la statue en pied de notre seigneur s'éleva jusqu'aux nuages, ou presque, qui menaçaient la ville et n'allaient sans doute pas tarder à déverser un torrent d'eau glaciale sur le nord, le sud, comme l'est de Marseille.

Il faut dire que dans le ciel Dieu était en colère. Car, oui, n'en déplaise aux athées, il y avait bien un dénommé Dieu (dont le nom changeait suivant les dialectes humains, mais qui était en réalité le même pour tous) qui était à l'origine de notre monde. Personne n'avait vraiment vérifié si il l'avait créé en sept jours, et lui-même ne s'en souvenait pas avec exactitude, mais c'était bien lui le créateur. Et il avait une drôle de gueule le créateur. Contrairement à la légende, il n'avait pas du tout créé l'homme à son image. Pour tout dire il s'était un peu mélangé les pinceaux un soir de biture, tout seul dans son ciel où il s'emmerdait ferme. Dans un premier temps, effectivement, il avait créé un être vivant, sur Terre, qui lui ressemblait comme un frère. Cet être était ce que nous appelons un ours. Plutôt grand format, genre grizzly ou ours blanc de la banquise. Puis, histoire de déconner un peu, il avait créé un autre truc capable de marcher sur deux pattes – mais mal à l'aise à quatre pattes. Il ne lui avait mis que peu de poils et l'avait laissé faire sa vie tranquille, sauf justement quand il rencontrait des ours, qui s'éclataient à étripailler le maigre animal. Au fil des lustres, cet espèce de bipède – l'homme, si vous me suivez bien – était devenu assez belliqueux et était même devenu capable de tuer les ours, et ça, Dieu ne pouvait pas l'accepter. Il décida donc de donner aux ours une intelligence qui, en plus de leur force, leur permettrait de ne pas craindre les hommes. Seulement voilà, il décida ça ce fameux soir de biture et il s'emmêla dans ses rituels cabalistiques, ses codes secrets et ses formules magiques, tant et si bien que c'est l'homme qui devint la créature intelligente, l'ours restant cet aimable animal amoureux du miel et du sommeil, qu'il ne fallait certes pas chatouiller mais qui ne voulait de mal à personne. Exactement comme était Dieu. Qui l'avait créé à son image.

Si vous avez bien lu, je vous ai bien dit que l'ours était chatouilleux, à l'image de Dieu. Et, honnêtement, heureusement qu'il était plutôt, aussi, fan de la sieste, car sinon, l'espèce humaine n'aurait pas vécu si longtemps en paix (tout est relatif bien sûr). Et là, Dieu en avait marre, plein le dos, ou, comme on dit à Marseille, plein les *alibofis*. Cette représentation gigantesque de leur

Jesus, qu'ils imaginaient à l'image de Dieu, ces prétentieux humains, c'était un peu la goutte d'eau qui était en train de faire déborder le vase. Pas de miel à portée de griffe. Pas sommeil. Dieu se leva donc et s'approcha du Vieux-Port de Marseille…

« Oh, Norton, tu trouves pas que ça se couvre rapidement, on devrait rentrer », lança James. Norton n'eut pas le temps de lui répondre : un grognement insensé, plus fort que dix avalanches réunies, retentit au-dessus de leurs têtes. Puis les nuages s'écartèrent et une créature qui devait bien faire ses cent mètres de haut apparut au beau milieu du Vieux-Port, écrasant cinq cents bateaux et quelques passants. Le truc poussait des hurlements enragés et grognait à s'en décrocher la mâchoire. Elle était loin du sol la mâchoire, mais elle était si énorme qu'on la distinguait parfaitement, dans sa grosse tête d'ours. Le grizzly géant, qui n'avait rien à envier à un Godzilla japonais, lamina d'un coup de patte la statue de ce pauvre Jesus et posa son cul sur la colline de la Bonne Mère. Tout à coup très pensif. Silence total dans le quartier.

Depuis son balcon sur les toits de la cathédrale, l'archevêque Frédéric observait le spectacle, s'arrachant les cheveux et s'égosillant : « Mon Dieu, Mon Dieu ! » L'ours, enfin, personne n'osait penser « l'ours », c'était plutôt « le truc », « le monstre », « l'espèce d'horreur géante », le truc donc, leva ses grands yeux en bille de loto vers l'archevêque et n'eut que quelques pas à faire pour traverser la minuscule calanque qu'était le Vieux-Port et rejoindre l'Archevêque. Celui-ci était en réalité en train de déjeuner lorsque l'apparition se fit et, sur sa table, juste derrière lui, était disposé son bol, son café au lait, des tranches de pain, un couteau et un énorme pot de miel. Les effluves du miel chatouillèrent les narines de Dieu qui lappa le pot d'une griffe avide. Frédéric mourut sur le coup, crise cardiaque provoquée par la peur. Et Dieu repartit dans ses nuages, l'âme rassérénée par les délices du miel.

On dit que c'est depuis cette époque que Marseille est devenue la capitale mondiale du miel. La statue de Jesus est toujours visible, par les plongeurs, au fond du Lacydon, et les armoiries de la ville portent désormais un ours, debout et agitant les bras. Certains murmurent que cet ours divin revient, de temps à autre, chercher quelques pots de miel. Légende, bien entendu.

23 – La procession
(voir aussi chapitre 13)

C'est une histoire vraie. Garantie. C'est sûr et certain. Si je vous le dis ! Ça se passe le jour de Pâques. Pendant que toute la hiérarchie ecclésiastique multiplie les messes et tourne son regard vers Rome pour la bénédiction papale « urbi et orbi », deux congrégations, une composée de femmes et l'autre d'hommes, partent chacune de leur côté d'un point différent de la cité. Elle transportent deux statues en buste, qui ressemblent à s'y méprendre aux « moaïs » de l'île de Pâques (Pâques – île de Pâques, allez savoir, si ça se trouve, pas vrai, il y a un lien ?). Quoi qu'il en soit, venues du Panier, les sœurs de la Miséricorde pascale descendent jusqu'à l'église Saint-Laurent, sur la rive Nord du Lacydon, et là restent enfermées pendant trois heures sans que personne n'ait le droit de voir ce qui se passe. Dans le même temps les frères de l'Elevation du Christ, partis de Notre-Dame-de-la-Garde, se dirigent jusqu'à la crypte de Saint-Victor sur la rive Sud du Lacydon, et, eux aussi, avec leur buste pascal, ou pascuan, s'enferment pendant trois heures sans que l'on sache ce qu'ils font ainsi cloîtrés…

La vérité m'a été révélée par frère Philippe, sur la fin de sa vie terrestre, un jour où il avait trop bu, lui qui ne buvait jamais. « Je vais te raconter un truc, m'a-t-il dit, et tu le répètes à personne, c'est un truc de fou »…

Dont acte, je ne suis pas en train de vous le répéter, je le raconte à ma façon, c'est pas pareil.

Lorsqu'elle arrivent en l'église de Saint-Laurent, en bas du Panier, les sœurs de la Miséricorde pascale disent un bénédicité, mangent un frugal repas qui doit se composer impérativement de pain et de poisson et ouvrent une porte dérobée dont seule la mère principale possède la clé. Pendant ce temps, dans la crypte de Saint-Victor les frères de l'Elevation du Christ disent eux aussi un bénédicité, mangent le pain et le poisson, puis ouvrent une porte dérobée dont seul l'abbé possède la clé. Et les voilà qui, portant toujours leur *moaï* béni en tête de cortège, descendent en ligne droite, s'enfonçant de plus en plus sous le niveau des eaux.

« J'y ai participé et j'ai tout filmé », m'a dit ce jour-là frère Philippe. Et je peux vous garantir que c'est vrai, j'ai vu le film. Au bout d'environ trois cents mètres de pente douce pour les sœurs, un peu moins douce pour les frères, après avoir passé un coude, qui doit se situer à une bonne vingtaine de mètres sous les eaux, les sœurs et les frères se rejoignent et leur chemin continue. Côte à côte cette fois, car le tunnel est assez large pour que quatre personnes avancent de front et assez haut pour porter les statues, les douze moines et les douze nonnes (j'avais oublié de vous dire qu'ils étaient douze et douze, mais peu importe, cela n'a qu'une importance relative) marchent encore, sur plus d'un kilomètre. Au bout d'une demi-heure à peu près, les vingt-quatre ecclésiastiques s'arrêtent enfin, à une quarantaine de mètres sous les eaux. Là s'élève une chapelle marine, ou plutôt sous-marine, la Chapelle du Christ Vrai, où vit un ermite qui a en charge le nettoyage et la conservation de l'état des lieux. Les frères et les sœurs ouvrent alors les statues, qui contiennent des victuailles et du matériel, qui est déposé dans un carré conçu spécialement à cet effet, pour l'ermite, désigné sous le nom du Saint-Vivant et qui est le dépositaire du plus grand secret de l'église. Une prière est alors dite par les vingt-cinq membres de cette procession secrète, sous le portrait du Christ Vrai, peint au mur de la chapelle, et dont le visage est exactement semblable à celui des statues portées par les processionnaires.

Après une demi-heure de recueillement puis quelques libations qui permettent au Saint-Vivant de conserver un lien annuel avec le monde, les moines et les sœurs repartent, le pas plus léger car leurs statues sont plus légères, vidées de leur contenu, et remontent vers Marseille, qui sur la rive Nord du Lacydon, qui sur la rive Sud. A Saint-Laurent comme à Saint-Victor, une messe est alors dite pour célébrer le Christ Vrai, puis les portes sont rouvertes et chacun retourne à sa vie quotidienne, portant dans son cœur le secret du Christ Vrai.

On dit que chaque pape, lors des premiers jours de son pontificat, vient en secret à Marseille s'agenouiller dans la chapelle sous-marine du Christ Vrai, mais cela, frère Philippe n'a pas été en mesure de me le confirmer avant de descendre sous les eaux de la Méditerranée, pour y devenir le nouveau Saint-Vivant…

24 – Sous le métro, aux Réformés

(voir aussi les chapitres 15 et 18, et tant pis pour les répétitions, la méthode est connue, utilisée en religion comme en politique. Appelez-la méthode Coué ou bourrage de crâne c'est du pareil au même. Vous allez donc relire ici et maintenant cette histoire, celle du « vortex des Réformés », celle qui donne son titre à cet ouvrage, cette histoire qui fait de Marseille une porte vers l'ailleurs. Le vortex des Réformés doit désormais vous rentrer dans le crâne).

Et c'est reparti…

Attention, voici une histoire vraie, mais pourtant la plus folle de ces pages, celle que vous aurez le plus de mal à avaler, vous allez voir… « C'est l'histoire d'un mec », comme aurait dit Coluche, qui s'appelait Jimmy Guieu. Le mec était écrivain de science-fiction et ufologue, spécialiste en économie et en paranormal. Il était de chez nous et a accompli son œuvre durant le deuxième moitié du vingtième siècle. Or, que nous raconte Jimmy Guieu ? Non pas dans ses bouquins, tout au moins pas dans tous, mais à travers plusieurs témoignages ? Il nous affirme qu'il existerait un « passage », à proximité de l'église des Réformés, tout en haut de la Canebière, où des gens se sont perdus, puis retrouvés dans des lieux étranges, ou les mêmes lieux plusieurs siècles plus tôt. Il nous parle d'un « vortex », avec des allers-retours vers le réel pas tout à fait nets : ainsi cette personne qui aurait failli pénétrer dans une roseraie « géante », puis qui aurait fait un pas en arrière et aurait abouti d'un seul coup d'un seul quelques rues plus loin. Une autre personne, en voiture, qui attendait que le feu passe au vert en bas de la rue de la Grande Armée, puis, lorsque ce fut le cas d'un seul coup toutes les autres voitures disparurent, seule une créature verdâtre était présente et la regardait étrangement. Avant que tout ne revienne à la normale après avoir traversé le carrefour et atteint la rue Thiers. Dans ce même secteur des Réformés, c'est le témoignage de Tania Anziani, recueilli par Jimmy Guieu lui-même, qui est le plus complet : c'est celui de cette fameuse personne qui s'est retrouvée dans une roseraie « géante », ou un jardin, que dit-elle ? Qu'un jour, vers la fin des années 1980, elle promenait son chien boulevard Eugène-Pierre. Elle pénétra alors sans s'en rendre compte dans un jardin, qui ressemblait plus à une forêt, avec des roses de quatre mètres de haut. Dès qu'elle constata cette situation bizarre, elle attrapa son chien, et rapidement recula de deux mètres, pour se retrouver sur le trottoir au niveau du carrefour des Réformés, à deux cents mètres du boulevard Eugène-Pierre. Le chien, qu'elle prit alors dans ses bras, sentait l'herbe, raconte-t-elle, comme s'il s'était roulé dedans.

Selon une vidéo de Jimmy Guieu, les témoins, qui ne se connaissent pas, ont chacun été confrontés à une créature inquiétante. « Bernard », « Aude », « Edmonde », « Tania » ont ainsi témoigné. La plus dingue est l'histoire d'Edmonde, qui rapporte qu'en 1982, un jour qu'elle descendait l'escalator de la station de métro Réformés-Canebière, elle se vit soudain traverser le mur et être éclairée par un grand rayon de lumière blanche. Une voix s'adressa alors à elle, lui disant que si elle passait au travers de ce rayon, elle verrait « autre chose ». Ce qu'elle fit, apercevant alors d'énormes lézards verts. On imagine la frayeur d'Edmonde. A moins qu'elle ne fut préalablement dans un état second ? La même Edmonde, dite aussi « Sultane » la Voyante, a l'habitude de prendre un taxi conduit par un dénommé « Benoît ». Un jour, alors qu'elle est dans le taxi, un grand silence se fait entre le bas de la rue de la Grande Armée (où se trouve la station de taxis) et l'église des Réformés voisine. C'est alors que Benoît, le chauffeur, commence à insulter une personne qui se trouve dans une voiture qui le gêne. Cette personne avait un teint verdâtre et ressemblait à une grenouille, raconte Edmonde. Le feu passe alors au vert, le taxi traverse le carrefour dans un silence « minéral », et tout redevient normal lorsqu'elle atteint la rue Thiers, de l'autre côté du carrefour, bruits, circulation… Tout redevient normal, sauf le chauffeur de taxi qui aurait rajeuni d'une trentaine d'années à la suite de cette expérience. Le témoignage du chauffeur est aussi rapporté par Jimmy Guieu dans son livre *Nos maîtres les extraterrestres*.

Ce « vortex », où se passent des choses si étranges, est abordé dans plusieurs autres vidéos réalisées depuis par d'autres traqueurs du paranormal, des ufologues ou des fans de Guieu, qui tous le citent dans leurs textes ou dans leurs films. Jimmy, lui, a fait référence à un autre vortex dans son roman *Le vol AF 54679 ne répond plus*. C'est par la présence d'un vortex qu'il explique le crash d'un Airbus A320 reliant les aéroports de Lyon-Satolas et Strasbourg-Entzheim (en réalité la fameuse catastrophe du Mont Saint-Odile d'un A320 d'Air Inter, qui fit 87 morts le 20 janvier 1992).

Des vortex, ces portes dans l'espace-temps, les traqueurs de paranormal en situent au moins un autre en France au lieu-dit Serbaïrou, sur les hauteurs de Rennes-les-Bains (dans l'Aude), non loin de Rennes-le-Château bien évidemment.

Mais à Marseille, le vortex « des Réformés » a donné des idées aux mondes de l'underground, en particulier du rock. Il faut dire qu'il est situé juste à deux pas de la rue Consolat, la rue la plus rock de la ville, qui héberge une faune de « déphasés » (le mot n'est pas de moi), entre le bar du Chapitre et la petite salle de concerts de l'Enthröpy. Pour certains, passionnés par le sujet, ces « déphasés » ne seraient pas là pour une autre raison que la présence du vortex, soient qu'il en aient réchappé et aient été rejetés là, soit au contraire qu'ils soient attirés par une sorte de « signal » qui les aurait guidés jusqu'au vortex en attendant qu'ils puissent y pénétrer…

Quand je vous disais qu'on était vraiment dans un truc de fous. Dans une ville « tellurique ».

25 – Une ville tellurique

Marseille est le centre du monde. C'est une évidence. Vous ne me croyez pas ? Pourtant, certains s'en sont bien aperçus et le ressentent en leur tréfonds. Ils le savent. Je ne vais pas vous donner les noms, mais ils me l'ont dit, ils me l'ont affirmé, et je les crois. Marseille est une ville « tellurique », elle est le centre du monde. Les chamanes des Amériques l'ont reconnue sans l'avoir jamais vue, et depuis la plus haute Antiquité elle est là, comme un phare qui dirige les esprits des hommes.

Seul Salvador Dali était un imbécile, qui croyait que la gare de Perpignan était le centre du monde. Peut-être avait-il fait une erreur de calcul, une erreur d'à peine trois cents kilomètres, après tout, à l'échelle du cosmos, ce n'est pas si gigantesque.

On va vous dire que les puissants de cette Terre se réunissent à Davos, et non pas à Marseille. On va vous dire que l'Onu est à New York, et à Genève, mais sûrement pas à Marseille. On va vous dire que les marchés mondiaux ont leurs bourses installées à New York et à Londres, mais sûrement pas sur la Canebière. On va vous dire que l'épicentre du football est en Angleterre, en Italie, en Espagne ou en Allemagne, peut-être même au Brésil ou en Argentine, mais sûrement pas au stade Vélodrome. On va vous dire que la gastronomie internationale est née à Lyon. On va même vous dire que Marseille est une ville de province, coincée dans la pauvreté et le désordre chronique. On vous dira ce qu'on voudra, Marseille est tellurique, diaphanique, cosmogonique, vortexique, elle est un des rares points de cette Terre où se rencontrent les esprits. Marseille est la porte d'entrée. L'alpha et l'oméga. C'est ici que se dessine le futur.

Les hommes d'esprit ne s'y trompent pas. Qu'ils soient leaders spirituels, universitaires, philosophes, chefs d'entreprises inspirés, trois fois l'an, ils se réunissent en secret sous le couvert d'un mystérieux « tchip », le « Terrain Consacré, Holistique et International de Palama »… J'en entends déjà qui chantent du Dalida « *Salama ya Salama…* », non, c'est Palama, c'est de Palama qu'il s'agit. Palama est un quartier de Marseille, dans le nord-est de la ville, non loin de Château-Gombert, au pied du massif de l'Etoile. Palama se termine, au bout du chemin des Grottes-Loubières, par, précisément, des grottes. Et c'est là que trois fois l'an une discrète cohorte de véhicules noirs et généralement blindés circule lorsque la nuit est la plus sombre, faisant voler le sable du chemin des Grottes-Loubières, jusqu'à une entrée creusée dans le roc, invisible pour qui ne sait pas. Oh, bien sûr, les habitants du quartier ont eu vent de ces mouvements de véhicules, certains les ont bien vu passer, ou ont cru les avoir vu passer, nul n'est certain, les tenants de la Cosca, une organisation hip-hop qui a son centre névralgique dans le secteur, auraient même fait des excursions de reconnaissance, tout comme des membres de la société de chasse de Château-Gombert, grands spécialistes de la grive, mais tout le monde s'est cassé le nez sur les premiers contreforts du massif de l'Etoile et sur l'entrée officielle des Grottes-Loubières. Impossible de dénicher dans la roche quelque aspérité mystérieuse qui prouve quoi que ce soit…

Pourtant, un homme est au courant, et pour cause, il est le gardien des clés et trois fois l'an c'est lui qui a pour mission de préparer la grande salle de réunion, de fournir les victuailles et les alcools qui seront dégustés, de mettre en place les micros, les caméras et tout le matériel informatique. Un homme à tout faire, vraiment tout, qui entre autres choses a été formé à cela, et qui porte le prénom de René. René a grandi à Palama et il a pour couverture d'être un écrivain à succès, ce qui lui permet aussi, sans grand besoin d'en faire mystère, de rencontrer tout au long de l'année, tel ou tel de ses « employeurs ».

Mais René s'est laissé allé un jour à me raconter comment tout cela avait débuté. Nous étions tous les deux invités à confronter nos points de vue sur le rôle de la science-fiction en particulier et de la littérature dite « de genre » en général lors d'un colloque culturel pour élites friquées en mal de distractions qualitatives, qui se tenait dans un grand hôtel de Marseille, en bord de mer. Autrement dit, nous avions passé la soirée à picoler. Plus que de raison. Le ticket d'entrée du colloque étant plutôt élevé, il y avait là la crème de la crème régionale et René se fit soudain en mal de confidences.

« Tu vois ce grand brun au nez d'aigle, là-bas à côté de cette belle blonde au décolleté avantageux ? » « Oui, je suis comme toi René, je repère de loin les décolletés avantageux » « Eh bien, crois-moi si tu veux, mais il fait partie d'une organisation secrète mondiale qui se réunit trois fois par an à Marseille, je suis sûr que tu en as jamais entendu parler, pourtant tu es journaliste, tu devrais… »

De fait, journaliste un jour, journaliste toujours, j'ai commencé à poser à René quelques questions sur sa mystérieuse organisation. « Les médias nous parlent de Davos », commença mon compère, mais c'est de la poudre aux yeux, un écran de fumée pour mieux cacher une véritable organisation secrète qui pense véritablement l'avenir de la planète, et ça se passe ici, aux Grottes-Loubières ! » « Aux Grottes-Loubières ? A Château-Gombert ? » « Non, à Palama, j'y tiens, c'est là que je suis né. Tu es déjà allé là-bas visiter les grottes ? » « Non, mais…

Et de fil en aiguille, question après question, René, ivre me semblait-il, et en même temps heureux de parler de ce secret si bien gardé qui devait lui peser lourd sur le cœur, me raconta l'histoire du « tchip ». Trois fois l'an, donc, à l'initiative du chef et chamane d'une tribu Sioux Lakota, qui avait vu ces grottes dans un rêve lors de la fête de Sundance et les considérait comme le point tellurique majeur de la planète – le centre du monde si vous préférez – trois fois l'an, aux deux solstices et le jour de Samain, ou Halloween, ou Toussaint, suivant le nom que vous lui donnez mais qui tombe toujours au calendrier entre la fin d'octobre et le début de novembre, le grand chamane lakota Pizi Bear avait décidé de réunir les hommes clairvoyants là où leur clairvoyance était démultipliée, ici, à Marseille. Au fil des années, après avoir « recruté » des chefs spirituels amérindiens puis celtes, puis tibétains, après avoir inclus dans son groupe des dignitaires, des moines, des danseurs et imams venus d'autres religions, d'autres cultures, d'autres spiritualités, Pizi avait compris que de telles forces spirituelles existaient aussi dans les sociétés civiles et parfois aussi militaires à travers le monde, que des hommes aussi bien que des femmes détenaient cette clairvoyance qu'il avait cru au début être l'apanage des seuls grands esprits religieux. C'est ainsi que René avait été coopté. « Il m'a 'reniflé', il a estimé que je faisais partie de son univers mental »… Cet « univers mental », Pizi Bear l'avait étendu à une nomenklatura ultrasecrète qui comptait désormais dans ses rangs quelques milliers d'individus : des chefs d'Etat et des chefs spirituels et religieux, des grands patrons d'entreprise, des artistes, mais aussi de simples balayeurs, une proportion étonnante de sage-femmes, quelques fous, qu'il fallait trois fois par an faire sortir de leurs asiles, des malfrats magnifiques, des généraux, des danseuses, des médecins, des chercheuses et des chercheurs et même un comédien canadien, William Shatner, doyen de l'assemblée, qui avait pendant plusieurs décennies incarné le commandant d'un vaisseau spatial dont la mission était singulièrement humaniste et profonde. Et tout ce monde prenait place sous le massif de l'Etoile, dans des cavités spécialement aménagées, trois fois l'an, pour tenter de sauver le monde des « Autres », ceux qui le dirigeaient mais ne possédaient pas le même élan de clairvoyance et de bienveillance qui était l'apanage du « tchip ». « Le conseil des grands sages est présent à toutes les rencontres », m'expliqua René, « mais seulement quelques centaines se retrouvent autour d'eux à chaque rendez-vous, en fonction des urgences du temps et de ce que chacun a à dire ».

A ce moment-là, le grand brun au bec d'aigle que René m'avait désigné plus tôt dans le soirée vint vers nous et nous entraîna à sa suite dans les dédales de l'hôtel, jusqu'à une petite pièce sans fenêtre, capitonnée et discrète. Là, il me sourit et me pria de m'asseoir tout en me tendant une carte de visite. Le mot « **TCHIP** » était écrit en blanc sur fond noir et au dos était inscrite une date. « Nous comptons sur vous M. Coulomb », me dit-il, « à bientôt ».

26 – Norton (vieille blague, connue de quelques connaisseurs, légèrement rewritée ici)

Ce jour-là, James et Norton sont dans un bistrot. James est en rage (en vérité, si peu de Marseillais se sont réellement appelé James, beaucoup ont reçu ce diminutif anglo-saxon en cadeau), il veut aller voir le prochain match de l'OM au Vélodrome, le fameux *clasico*, contre le PSG, mais il s'y est pris trop tard, impossible d'avoir une place, même « à la marseillaise », en faisant appel aux amis et aux réseaux. Norton boit son pastis tranquille et sort son portable. « Attends, James, t'en fais pas je connais le président de l'OM, je l'appelle ». Sitôt dit, sitôt fait, Norton explique la situation et passe le téléphone à James. D'une voix à l'accent espagnol inimitable, le président de l'OM demande à James combien celui-ci veut de places, le laissant sans voix. « Donne lui en trois, dit alors Norton en reprenant le téléphone, comme ça il pourra y aller avec ses deux fistons, merci mon ami ! »

Quelques semaines plus tard, James et Norton prennent une nouvelle fois l'apéro, dans un *lounge* branché au sommet d'un immeuble avec vue sur la mer. Il y a là quelques politiques, des hommes d'affaires et une équipe de cinéma, avec une star féminine que la planète s'arrache. James ne la quitte pas des yeux, qu'il roule, la langue pendante, tel le loup de Tex Avery devant sa danseuse bien-aimée. « Tu veux que je te la présente ? » lui demande Norton. « Déconnes-pas, ne me dis pas que tu la connais… » Norton se dirige vers la table de la starlette, serrant au passage les mains de quelques-uns des responsables politiques attablés aux quatre coins du *lounge*, puis il fait signe à James de le rejoindre. « Silvana, je te présente James, c'est mon ami de toujours, on a grandi ensemble, c'était nous les deux cancres sur le banc du fond de la classe, qu'est-ce qu'on a rigolé, pas vrai James ? » Siilvana s'approche de James et lui fait la bise avec effusion : « Les amis de Norton sont mes amis », lance-t-elle avec joie.

Quelques semaines plus tard encore, James est en visite chez Norton, il a des problèmes avec le fisc et il aimerait solliciter les conseils de son ami, qui a toujours des bons plans. « Ah, là, c'est pas évident ce que tu me racontes », avoue Norton, « tu es coincé on dirait, je ne vois qu'une seule solution, en appeler à la mansuétude du ministre des Finances ». « Tu es sympa », lui répond James, « mais il ne fait pas partie de mes relations, le ministre des Finances ». « Tsss, tsss, tsss », chuinte Norton « ne sois pas aussi défaitiste, on va l'appeler en visio, comme ça il pourra voir ce qui cloche dans tes papiers ». Aussitôt dit, aussitôt fait. Le visage glabre et sévère du ministre apparaît sur l'écran du portable de Norton. « Ah, mon cher Norton, cela faisait un moment que je n'avais pas de vos nouvelles, comment allez-vous ? » Ainsi se poursuivit la conversation, sur un ton docte et professionnel, et le problème de James fut réglé par le ministre qui promit de sermonner les services qui, « naturellement », avaient dû « commettre une bévue ».

Mais James était loin d'être au bout de ses surprises. Le mois suivant, la présidente de la République vint en visite à Marseille. Norton et James étaient attablés sur la terrasse de la pizzeria « Chez Noël », en haut de la Canebière, quand ils entendirent des motards arriver toutes sirènes hurlantes. Quatre motos de la Garde nationale s'arrêtèrent ainsi sur la voie du tramway, bientôt suivies par trois berlines noires aux vitres fumées. « Putain ! », fit James, « On est foutus ! Un attentat ! » Norton lui sourit avec bienveillance. « T'inquiètes, c'est pas un attentat, l'autre jour tu m'a dit que tu trouvais que la Présidente était plutôt efficace, qu'elle était bien mieux que son prédécesseur, je me suis dit que ça te ferait plaisir de la rencontrer et de le lui dire toi-même, j'ai pris la liberté de l'inviter à boire le café avec nous ». Ainsi fut fait. Sous les yeux ébahis du patron et de la patronne de la pizzeria, la terrasse protégée d'un attroupement général par un cordon de gros bras qui étaient sortis de deux des véhicules, dans un embouteillage de tramways et un gigantesque concert de klaxons, la présidente prit rapidement un café, s'excusa auprès de Norton de ne pas pouvoir rester plus longtemps, puis toucha le bras de James en lui disant : « Vous avez là le meilleur des amis, vous avez beaucoup de chance ».

Etc.

Mais un moment donné, trop c'est trop et James réfléchissait. Il a payé des sosies pour se faire mousser, c'est pas possible autrement. C'est n'importe quoi. Norton, quoi, c'est pas le pape ! Si ça se trouve il connaît même le pape ? Et James eut une idée, il appela Norton. « Ecoute, Norton, j'en peux plus de tes histoires, on dirait que tu connais tout le monde, les stars de cinéma, les ministres, la présidente de la République, c'est pas possible ! On est toujours ensemble toi et moi, on écume les bars et les restaus de Marseille, on va à la pêche, on joue aux boules, tu peux pas connaître tous ces gens ! Tu as payé des sosies, voilà, avoue ! » A l'autre bout du fil, Norton était un peu fâché. « Je te présente que des gens bien et toi tu te plains, c'est pas bien James ! Et si je te disais que je connais aussi le pape ? » « Mais oui, bien sûr », fit James avec ironie, « encore un comédien qui va jouer son rôle pour que tu m'épates ! » « OK, répondit Norton, alors voilà ce qu'on va faire pour que tu me croies : on va aller à Rome toi et moi le jour de la bénédiction urbi et orbi, tu y assisteras sur la place, au milieu des fidèles, et tu observeras bien le balcon, tu verras que j'y serai, parmi les gens de l'entourage du pape, et qu'il viendra même me donner l'accolade. » Ainsi fut fait. Le jour de Pâques, pour la bénédiction papale *urbi et orbi*, James et Norton étaient à Rome. Une demi-heure avant le début de la cérémonie, Norton s'éclipsa et, laissant James sur la place Saint-Pierre, lui demanda de bien observer le balcon, où lui, Norton, allait apparaître à côté du pape. « Pfff, tu me fais marcher », répondit James, « ça va être la goutte d'eau qui va faire déborder le vase, ça va être la fin de notre belle amitié… ». Norton sourit et s'éloigna de son ami, parfaitement confiant. Lorsque le pape, vêtu d'une magnifique soutane d'une lumineuse blancheur, entama son discours, James eut beau chercher, le balcon était vide, il n'y avait que le souverain pontife. « Pfff », refit-il dans sa barbe, « et voilà, je le savais, Norton, tu n'es qu'un arnaqueur ». Mais bientôt plusieurs personnes rejoignirent le balcon, se postant derrière le pape. L'un d'eux lui posa même la main sur l'épaule et James n'en crut pas ses yeux, c'était bien Norton qui était sur le balcon à côté du Saint-Père. « Pas possible », se dit James, « mais comment il a monté ce coup ? » A côté de lui, les gens souriaient, heureux, et c'est alors qu'un homme se tourna vers James et lui posa cette question : « Excusez-moi monsieur, savez-vous qui est le type en blanc à côté de Norton ? »

27 – La sardine qui a bouché le port
(voir aussi chapitre 1)

Ouais, ouais, je vous entends tous de là, depuis l'écran de mon ordinateur, en train de vous foutre de ma gueule. Maintenant il va nous reparler de la sardine qui a bouché le port, mais tout le monde sait que c'est pas une vraie sardine, c'est un bateau. Un bateau qui s'appelait la *Sardine* et même mieux, la *Sartine* ! Il nous l'a dit lui-même et il croit qu'on a oublié ?

…Ouais, ouais, je vous entends. Et pourtant… Et si on vous avait « bourré le mou », comme on dit vulgairement dans nos quartiers, et si l'histoire, celle que je vous ai raconté au premier chapitre de cet ouvrage, n'était qu'un tissu de mensonges, et si c'était une vraie sardine qui avait bouché le port, hein ? Comme dit Marc Lévy, « Et si c'était vrai ? »

Voici donc la véritable histoire de la sardine qui a bouché le port de Marseille.

D'abord, il faut savoir que cela ne se passe pas en 1779, comme le voudrait l'explication officielle, mais deux cents ans plus tôt, à la fin du XVIe siècle, en 1579, l'année de la naissance du shogun japonais Tokugawa Hidetada et de la mort du conquistador espagnol Quesada, qui tenta de découvrir l'Eldorado et servit de modèle à Cervantes pour son Don Quichotte, dit-on. La Provence est française depuis à peine un siècle et Marseille, ville rebelle s'il en est, assiste à la montée en puissance de Charles de Casaulx, qui déclarera son indépendance en 1591. Les vaisseaux marseillais prennent alors régulièrement la mer pour aller chercher pitance dans les eaux de la Méditerranée et au-delà. Gasquet de Cyrus est alors un des plus puissants entrepreneurs de la ville et il possède une flotte de navires de plus de cent tonneaux qui vont jusqu'aux Amériques chercher les cabillauds, que l'on transformera en morue. Lors d'une de ces formidables expéditions, qui requéraient des marins un courage et une ténacité à toute épreuve, le vaisseau *Comte du Merlan* croisa des animaux mirifique de dimensions phénoménales. Des baleines bien sûr. A une époque où cabillauds et sardines, et surtout, en Méditerranée, les sardines, étaient les poissons les plus prisés, la rencontre avec ces baleines excita au plus haut point les marins marseillais. Si bien que plusieurs d'entre eux se mirent en tête d'en ramener une sur les rives du Lacydon. Comme on ne savait pas vraiment y faire, on prit conseil auprès de marins anglais et basques croisés dans le port de Terre-Neuve, marins qui avaient déjà eu affaire à de telles bêtes. Les Marseillais n'étant pas plus maladroits que les autres, le capitaine Roch de Rossy, qui commandait le *Comte du Merlan*, s'attela à la tâche de ramener une baleine, au grand dam d'une partie de son équipage qui ne voulait rien avoir à faire avec de tels monstres. « Le danger nous guette », disaient-ils, « le capitaine va nous amener droit à la mort, il va faire couler notre navire ! » Il n'en fut rien. En appelant à Dieu et à la chance, Rossy parvint à son but : tuer une baleine. Il fallut ensuite la hisser sur le pont du *Comte du Merlan*, lequel, lesté d'un tel poids, n'était effectivement pas loin prendre l'eau. Plutôt que de s'arrêter à nouveau à Terre-Neuve pour débiter l'animal en quartiers, Rossy décida de cingler vers Marseille. Pendant plus d'un mois, l'équipage, l'angoisse chevillée au corps, écopa et écopa encore, allégea le *Comte du Merlan* de tout poids inutile, et pria le Seigneur pour arriver à Marseille sains et saufs. Alors que l'on avait enfin passé le détroit de Gibraltar et que l'on longeait les côtes du golfe du Lion, le vaisseau commença à prendre de la gîte. La baleine, bien que solidement arrimée, glissait dangereusement, dans une puanteur digne de l'enfer. Les matelots se signaient et écopaient encore et encore, tentaient de retenir l'animal par le poids leurs corps et c'est ainsi que l'on arriva en vue de Marseille. Les derniers milles nautiques furent un authentique calvaire, les cordes étaient en train de céder et la baleine finit par échapper à ses liens et glissa hors du bateau. On était alors pile dans la passe du Lacydon, que la baleine boucha derechef !

Pour le peuple des Marseillaises et des Marseillais, la baleine, animal plus mythique que réel, que l'on ne connaissait pas, devint illico une « sardine ». Et c'est ainsi que la sardine a bouché le port !

Pour de vrai.

28 – Les descendants de Jesus

Et si Marseille était la ville des descendants de Jesus ? Et si ce bon monsieur Christ avait fait souche à Massilia la romaine après avoir débarqué du côté des Saintes-Maries-de-la-Mer. Qui ne s'appelaient pas encore Les Saintes-Maries-de-la-Mer, on s'en doute. Qui n'existaient même pas si ça se trouve. D'après les historiens, il y aurait eu dans le coin un oppidum, portant probablement le nom de « Ra ». Pas comme le dieu égyptien, mais plutôt comme le mot celte « ratis » (qui désignait une « forteresse », comme pour l'île de Ré). Bref, peu importe, la légende veut que les Saintes aient débarqué sur une plage, pas dans une ville. Et ne dit pas que Jesus était avec elle, il est plutôt question de Lazare. Mais admettons, comme l'ont fait beaucoup d'auteurs (le Marseillais Philippe Carrese dans *Le successeur*, et puis plein d'autres, étrangers, à succès parfois) admettons que Jesus ait traversé la Méditerranée et qu'il soit arrivé quelque part sur la côte provençale, avec son pote Lazare et trois ou quatre bonnes amies, Madeleine, Salomé et Jacobé au moins, mais aussi sans doute Marthe, Sarah la

Noire, Marie de Béthanie, et deux autres mecs, Maximin et Sidoine l'aveugle… Ils auraient fait quoi nos gaillards ? La tradition – qui n'inclut pas Jesus, rappelons-le – les balance qui à la Sainte-Baume (Madeleine), qui à Arles (Marthe), qui à Aix (Maximin), qui aux Saintes-Maries, justement (Jacobé, Salomé et Sarah), qui dans la Drôme (Sidoine, devenu Saint-Restitut), et enfin Lazare à Marseille. La région est quadrillée. C'est quasiment la carte des Bouches-du-Rhône actuels qui est dessinée, à l'exception de Saint-Restitut, mais le mec était aveugle, il ne savait pas où il allait, et puis il a changé de nom en cours de route, ça vaut pas… Mais vous ne trouvez pas qu'il manque à cette architecture une clé de voûte ? Jesus, bien sûr ! Jesus qui gérait ses ouailles et a fait d'eux ses évêques et ses représentantes sur sa nouvelle Terre Promise. Il n'y a guère de familles Christ en Provence mais il y a de nombreux Crozet, Crouzet, Croizet, Crozat, Crozel, Christin, qui sont autant de variantes du nom originel… peut-être bien tous des descendants de Jesus. Lazare, lui, était le meilleur ami de Jesus (celui qu'il a carrément ressuscité, si ça c'est pas une preuve d'amitié), qu'a donc fait Jesus en débarquant en Provence ? Il est resté avec son « poto », son « mia », voilà ce qu'il a fait, il s'est installé à Massilia et il a « géré ». Et ses descendants se sont multipliés. Voilà peut-être ce qui fait de Marseille une ville si spéciale, c'est qu'elle est la fille aînée du Christ, non pas par la volonté de l'Eglise catholique, mais par le sang. Une ville de rigolos qui marchent sur l'eau et qui multiplient les petits pains, voire les pains tout court (dans la gueule de préférence). Qui n'aiment pas les envahisseurs mais qui se la ferment quand même parce qu'ils ont gardé dans leurs gênes le souvenir des clous dans leur chair. Une ville de perturbés du bulbe qui prétendent savoir faire des miracles mais qui à force de se mélanger sont devenus toi et moi, des gens comme les autres, *ordinary people*. *My name is Christ, Jesus Christ*, et je tiens un garage à Endoume…

29 – Le retour de Saucisse
En hommage à Philippe Carrese

Prologue
Juin 2034. Les auteurs qui ont fait la renommée de "l'école marseillaise du polar" sont tous ou presque pensionnaires de la maison de retraite des Acacias, dans un quartier tranquille où, ironie du sort, beaucoup d'entre eux sont nés quand les lieux étaient encore une maternité, bien des décennies plus tôt. Le matin, le midi, le soir, devant leur soupe ou en se servant des verres frauduleusement "importés", ils refont et refont toujours le monde, se lamentant de ne plus pouvoir écrire. Il faut dire que dans les années 2030, plus personne ne s'intéresse aux livres, pas plus en papier que numérique, l'heure est à la fiction-3D holographique, la 3D-HF. Alors, à part faire glisser le pastis au fond des gorges, pas d'avenir pour le polar-aïoli et ses vieux impétrants...

Scène 1 - Maison de retraite des Acacias , à l'étage –
Philippe Carrese, Germaine
- Hé, monsieur Carrese, vous avez entendu

comment y dit qui s'appelle, le nouveau?

- Le nouveau, quel nouveau ?

- Pédemouch, y dit qui s'appelle Pédemouch.

- Pet de mouche?

- Oui, c'est ça : Pédemouch.

- Et où il est le nouveau?

- Dans le hall, et y'a déjà monsieur Thomazeau et monsieur Blaise qu'y sont.

- Vous pouvez m'aider à me mettre sur mon fauteuil madame Germaine. Faut que j'aille voir ça. Et vous m'appelez l'ascenseur, madame Germaine.

- Ah, Monsieur Carrese, attendez, y'a monsieur Jean-Paul Delfino qu'y'a dit qu'y descendrait avec vous quand vous descendez.

Scène 2 - Maison de retraite des Acacias, hall d'entrée –

François Thomazeau, Patrick Blaise, Serge Scotto

- Qu'est-ce que tu en penses, Patrick ?

- C'est bizarre, je lui trouve quelque chose de familier, comme si je l'avais déjà vu, ce Pédemouch.

- Monsieur Thomazeau et monsieur Blaise ! Je vous y prends la main dans le sac à jouer les petits vieux péteux cachés derrière le rideau pour voir sans être vus. Alors, on mate les jolies infirmières ?

- Oh Serge ! Tu va pas venir nous faire suer avec tes remarques à la con, viens voir plutôt, tu vois là, en train de se faire accompagner par le directeur qui est en train de lui faire visiter la boutique, tu le vois ce petit mec ? Tu sais comment il s'appellerait ? Eh bien d'après ce qu'il vient de déclarer il s'appellerait "Pet de Mouche", comme le personnage de Carrese dans *Pet de mouche et la princesse du désert*.

- C'est ça, et moi je suis le chien Saucisse réincarné. Mon bon Blaise, je crois que ton ami Thomazeau t'a encore fait boire quelques verres de vin de trop...

Scène 3 - Maison de retraite des Acacias, à l'étage, devant l'ascenseur –

Philippe Carrese, Jean-Paul Delfino, Mathieu Croizet - puis dans l'ascenseur et enfin dans le hall d'entrée avec toute la troupe

- Hé les gars, attendez-moi avec vos fauteuils de course, moi aussi je descends, et je vous l'appelle l'ascenseur.

- Salut gamin !

- Tè ! Voilà maître Croizet.

Tout le monde monte dans l'ascenseur, Mathieu Croizet pousse le fauteuil de Philippe Carrese, Jean-Paul Delfino, même en fauteuil, est toujours et encore cet « homme qui marche » et il joue du biceps pour passer devant eux.

- Qu'est-ce qui se passe, paraît que Thomazeau et Blaise sont aux quatre-cents coups ?

- C'est le nouveau, il dit qu'il s'appelle Pet de Mouche, comme **mon** Pet de Mouche, celui que j'ai créé dans *Pet de Mouche et la princesse du désert*. Si tu veux, c'est quand même un peu bizarre. Normalement, des personnages de roman, ça vient pas s'installer dans la même maison de retraite que le romancier qui les a générés...

L'ascenseur arrive au rez-de-chaussé, les trois anciennes gloires du polar sortent comme un seul homme, avec deux fauteuils en prime. La discussion monte d'un cran.

- Ouais, sauf que normalement des romanciers à la retraite ça vient pas s'installer non plus tous ensemble dans la même maison de retraite, où en plus ils sont tous nés à l'époque où c'était une maternité, dans les années 50 ou les années 60. Normalement les romanciers, ça a de belles grandes maisons à la campagne, ou alors à Miami, une épouse aimante, une gouvernante, sûrement une maîtresse, et ça se revoit de temps à autre pour des cocktails ou des remises de médailles où on invite les vieilles gloires nationales ou locales. C'est dans le contrat ça, et c'est un ancien avocat qui vous le dit.

- Oh les gars, sauf que les cocktails nationaux on est toujours passés à côté, et que les médailles ça a jamais été pour nous... Et Miami... Tu parles d'un contrat ! Oh putain, qu'est-ce que c'est cette hallu ?

- Qu'est-ce que tu as vu Jean-Paul ?

- Tourne-toi face d'enclume, regarde moi ça !

- Eh alors, c'est une gamine enceinte jusqu'aux yeux, elle doit venir voir sa grand-mère.

- On peut toucher mademoiselle ? Il paraît que ça porte bonheur.

- Oh con ça brûle ! Vous êtes bien chaude ! Comment vous vous appelez ?

- Félix.

- Félix ?

- Et oui, Félix vieux débris ! Comme la fille de ton bouquin, là, comment ça s'appelait déjà ?

- ...*Le bal des cagoles* ?

- Voilà c'est ça, putain, *Le bal des cagoles*, eh bè c'est moi, Félix, c'est moi. Je suis arrivée avec l'autre stassi qu'y'est en-bas, comment tu l'as appelé ce minot, Pédemouche ? Putain toi alors, tu savais pas quoi inventer pour faire le mariole ! Mais tu sais pas toute l'histoire encore, espèce de vieux tromblon, et vous non plus les débris cacochymes, on est tous de retour, tous les personnages de vos livres, et on a pas fini de vous empastéguer la vie.

- Tss, tss, mademoiselle, c'était pas dans le contrat ça, on n'a rien signé avec vous.

- Ah toi, là, maître Croisette, tu vas pas m'emboucaner, je le sais ce que dis, on est tous là, on s'installe tous ici, j'étais même dans le taxi avec ton Polka, alors, sauf...

- Sauf quoi ??? demandent comme un seul homme six bouches et leurs dentiers rutilants.

- Eh bé tiens, tu crois que je vais vous le dire comme ça, ty'é resté naïf toi, et toi aussi, et toi et toi.

Pendant que Félix montre tout le monde du

doigt, Biagio Cataldese, le héros des romans de Patrick Blaise, est entré dans le hall, accompagné de Stronzo le chien qui parle de Thomazeau, de Zumbi, le héros Brésilien de Delfino et d'Hubert Turaive, tueur à gages et Prix Goncourt sorti de l'imagination de Serge Scotto. Polka, musclé et goguenard, ferme la marche, un sourire à la Bruce Willis au coin des lèvres.

- Manque plus que Guigou et Shramm mes Rmistes justiciers, commente Thomazeau.

- Et Saucisse, larmoie Serge Scotto un instant, mon petit Saucissou...

Scène 4 et fin - Maison de retraite des Acacias - Dans le hall

Félix se plante au milieu du hall, Polka sur sa droite, Hubert Turaive sur sa gauche. Les autres personnages bloquent la sortie. Schramm, que personne n'avait vu arriver, avance lentement et vient se poser entre Félix et Polka. C'est lui qui prend la parole.

- Dans vos livres vous nous avez tous tués, fait souffrir, vous nous avez ridiculisés, vous vous êtes servis de nous. Mais les temps ont changé. Grâce à la 3D-HF augmentée maintenant nous existons vraiment, et c'est à notre tour. Pas de quartier. Vous allez comprendre ce que c'est que de devoir agir comme des marionnettes entre les mains d'esprits dérangés.

Les six auteurs se recroquevillent autour des deux fauteuils de Carrese et Delfino. Tout à coup on entend un aboiement.

- Mon Saucissou !

Le vieux bâtard et ses cicatrices gagnées alors qu'il servait de punching-ball dans des combats de rottweilers vient se placer aux pieds de son maître Serge Scotto qui envoie la main pour lui caresser le museau. A la fois être réel qui a tenu une place importante dans la vie du romancier et personnage de ses romans, le chien Saucisse est à cheval entre deux mondes. Sa représentation en 3D-HF augmentée est tout aussi ambiguë...

- Non ! hurle Schramm.

Puis il se tourne vers Félix qui lui répond aussi sec :

- Je vous l'avais dit, je vous l'avais pas dit ? Je vous l'avais dit !

Félix tape du pied et fulmine en direction de l'ex-avocat Mathieu Croizet.

- C'est toi l'avocaillon, c'est toi oui ? Eh bé ty'a raison, y'a un contrat avec une clause et c'est le chien qui l'a fait tout foirer, voilà, y fallait pas que personne y nous touche à nous, mais le Saucisson y l'aimait trop son maître et voilà, y s'est laissé caresser et bé nous on va être obligés de repartir et puis voilà, allez ciao la compagnie !

Epilogue
Evaporation générale. Serge Scotto pleure une seconde fois son Saucisse adoré. Delfino se lève de son fauteuil et se rue vers la porte.
- Putain, ils ont disparu. Mais c'était quoi cette hallu ?
Thomazeau l'apostrophe :
- Et depuis quand tu t'es remis à marcher, toi ?
Blaise conclut :
- Bon c'est pas tout ça ! Allez, tournée générale, c'est Carrese qui régale !

30 – Marseille indépendante

En février 1596, Charles de Casaulx, premier consul, échappa de peu à un attentat. Avec l'aide de Philippe II d'Espagne, il avait repoussé les troupes du gouverneur de Provence, le balafré Charles de Lorraine, ci-devant duc de Guise. Ce matin-là, le 17 février 1596, il faisait un froid de gueux sur la plaine Saint-Michel qui dominait la ville. Casaulx y était allé inspecter la porte Réale, lorsque son « ami » Peyre de Libertat voulut l'estourbir. Mais une fois de plus Casaulx sortit vainqueur de l'échauffourée et bientôt ses troupes, soutenues par celle du roi d'Espagne, imposèrent leur victoire. Marseille avait une nouvelle fois triomphé du roi de France et Casaulx, plus puissant que jamais, fut invité à venir en Sicile, où Philippe II était en voyage officiel, afin de parlementer.

Quatre années plus tard, au tournant du XVIIe siècle naissant, Casaulx érigea Marseille en principauté. Limitée au nord par Aix-en-Provence, définitivement acquise au roi de France, la principauté de Marseille s'étendait le long de la côte méditerranéenne, depuis la branche occidentale du delta du

Rhône, jusqu'au Cap Sicié, incluant le village saint des Saintes-Maries-de-la-Mer, où Jesus avait, disait-on débarqué en Provence, et les petites agglomérations de pêcheurs des Martigues, de Carry, de L'Estaque, à l'ouest de Marseille, et à l'est ceux de Cassis, La Ciotat et Saint-Cyr, jusqu'aux pentes ouest du cap Sicié. A l'intérieur des terres, le massif de la Sainte-Baume et ses abords devinrent l'hinterland de la principauté qui s'étirait ainsi le long de la côte sur plus de trente lieues, couvrant au total une superficie de près de deux cent mille hectares. Au nord de ce territoire, Saint-Maximin était la deuxième ville de la principauté et la gardienne de ses frontières terrestres.

A la mort de Charles de Casaulx, à l'âge canonique de 67 ans, en 1614, la régence de France, affaiblie, ne parvint as à s'immiscer dans la succession de Casaulx, pas davantage que Philippe III d'Espagne, trop occupé à expulser les Morisques de ses royaumes. Marseille fut érigée en République souveraine et son port commença à prendre une importance telle que ses voisins préféraient traiter avec elle plutôt que de chercher à la vassaliser. Cherchant un appui vers le sud la

Ligue Hanséatique choisit de faire de la république maritime de Marseille un de ses membres associés. Le succès commercial fut tel qu'à la fin de la Guerre de Trente Ans, qui avait opposé les Habsbourg au reste de l'Europe, la Hanse traita d'égal à égal avec les rois européens. Une Ligue Hanséatique du Nord et une Ligue Hanséatique du Sud furent créées, Marseille devenant avec la Sérénissime un des joyaux de cette Nouvelle Hanse.

Ainsi en alla-t-il des vicissitudes de l'histoire. La Hanse finit par se démettre à la fin de la Deuxième Guerre mondiale, les ports du Nord ayant défendu le Reich, ceux du Sud ayant intégré la coalition des Alliés. Mais la République de Venise, le Royaume de Naples, la République des Trois Iles (Corse, Sardaigne et Sicile) ainsi que la République maritime de Marseille, dont le territoire est resté ce confetti de l'histoire mais dont le port est devenu le premier port européen, sont des membres à part entière d'une Union européenne dont la puissance dépasse à ce jour celle des Etats-Unis d'Amérique. Marseille, richissime, a vu s'élever vers le ciel les tours phénoménales conçues par les audacieux architectes du XXe et du XXIe siècles et partout dans le monde on loue sa célèbre avenue, cette Canebière bordée de gratte-ciels, qui est le lieu de villégiature de prédilection des riches émirs, des hautains anglo-saxons de la finance, des puissants oligarques russes, chinois et indiens, des banquiers suisses et des omnipotents maîtres de l'Internet.

31 – Le Cercle du Lacydon règne sur la pègre mondiale

Dans cette Marseille indépendante, portuaire et puissante, derrière la façade cossue d'un palais du XIXe siècle qui se dressait près des flots, les pieds dans les bassins antiques remis en service pour la plaisance locale, un homme à casquette retapait le moteur d'un de ses véhicules de collection. Il possédait une Turcat-Méry des années 1920, symbole de l'essor industriel marseillais, une Saab des années 60, modèle qui avait remporté plusieurs fois le rallye de Monte-Carlo et qui faisait la fierté de sa grand-mère suédoise, qui avait participé à la conception du tableau de bord. Et cette petite « Frog », une Austin Healey de 1971, le dernier modèle à être sorti de l'usine d'Abingdon, dans le comté d'Oxfordshire. C'était précisément sur cette dernière que travaillait à cet instant Slovan LaMarca, parfait marseillais en ce sens qu'il était issu d'une douzaine de cultures du globe parfaitement distinctes : la Suède et la Croatie, on l'aura déjà compris, une grand-mère juive de Tunisie, une autre musulmane berbère d'Algérie, un de ses arrière grands-pères ivoiriens et un autre danois, un brin de Corse et un zeste d'Arménie, une ascendance cévenole, une aïeule nantaise et une autre genevoise. Et, pour boucler le tout, et c'est de là qu'il tenait son patronyme officiel, un grand-père sicilien venu en des temps troublés de San Cataldo, province de Caltanissetta. Slovan LaMarca, au fil d'une vie déjà riche de près de cinquante printemps, avait pris le temps de faire le tour de ses pays d'origines et d'en apprendre les langues. Ainsi avait-il rencontré, au long de ses voyages, un nombre impressionnant d'individus peu fréquentables, membres de « clubs » locaux portés sur les trafics en tous genres, avec qui il avait la plupart du temps noué des relations d'affaires pour le moins fructueuses. Et la plupart du temps aussi, discrètes.

Il avait nommé la petite entreprise d'import-export éclectique ainsi développée « le Cercle du Lacydon ». Au début, ce n'était qu'un rendez-vous amical entre gens de bonne compagnie. Mais c'était devenu, les années aidant, une société secrète des plus puissantes qui faisait et défaisait des fortune, des vies, et même parfois des politiciens jusqu'aux plus hauts sommets des Etats.

Ce jour-là, dans cette Marseille-là, alors qu'il triturait les boulons du moteur de sa petite Healey, Slovan LaMarca se préparait à jouer gros. Il attendait la visite d'un envoyé des triades chinoises, qui s'intéressaient enfin au Cercle du Lacydon. Corses et Siciliens, Cévenols et Ivoiriens, Danois, Suédois, Nantais et Nord-Africains, les membres du Cercle étaient dans leurs petits souliers. Les Chinois venaient-ils en paix ou bien venaient-ils pour déclarer la guerre aux Marseillais ? Les uns régnaient sur l'Est du continent afro-eurasiatique, les autres sur l'Ouest, qu'en serait-il demain ?

Slovan avait mis toutes les cartes de son côté. La République de Marseille était à ses ordres, prête à obtenir ce qu'il lui demanderait, la France et la République des Trois Iles suivaient. Le canton de Genève avait mis ses banquiers en alerte et toute la population des quartiers du Nord de Marseille, issue des diverses région africaines, du Sud ou Nord du continent, savait, parce que les agents du Cercle en avaient largement fait part, que la venue des Chinois pouvait être un tournant dans le fonctionnement marseillais et mondial.

Slovan LaMarca posa ses outils dans leur boîte, la referma posément et alla se laver les mains. Puis il sortit de l'atelier pour aller observer les eaux du vieux Lacydon, sur lesquelles flottaient quelques voiliers triés sur le volet. Enfin il revint vers la petite « Frog », ouvrit la portière et s'installa au volant. La Healey n'accusait pas sa soixantaine, elle démarra au quart de tour. LaMarca fit signe à un de ses majordomes et fonça en direction de la Canebière. Demain serait un autre jour et il avait besoin de se détendre.

(La suite, peut-être, dans un prochain roman…)

Postface
Les neuf vies du chat

Il paraît qu'un chat possède neuf vies. Curieuse légende. Qui a plusieurs sources. L'une vient de l'hindouisme. Une légende raconte que le dieu Shiva aurait fait don au chat de ces neuf vies après avoir rencontré un chat dans un temple. Ce chat prétendait savoir compter jusqu'à l'infini et Shiva lui demanda de le lui montrer. Mais à 7 le chat baillait déjà et à 9 ce paresseux s'était endormi. Shiva lui octroya tout de même neuf vies… Une autre légende vient de l'Egypte antique, où le chat avait sa place dans la mythologie sous la forme de la déesse Bastet, déesse au corps de femme surmonté d'une tête de chat, une des neuf divinités principales du panthéon égyptien, le chiffre 9 étant considéré comme un symbole de perfection et un porte-bonheur. Ces deux mysticismes nés dans l'Antiquité nous demandent de croire en la réincarnation, aux vies multiples… 9 vies peut-être. Les 9 vies du chat, dans un cas comme dans l'autre, peuvent être les étapes d'un voyage intérieur, un voyage de l'âme, qui l'amènerait jusqu'à son aboutissement, sa réalisation finale… Qui sait ? 9 muses chez les Grecs, 9 cieux chez les Aztèques avant d'atteindre le repos éternel. Les 9 mois de la gestation humaine, aussi.

Donc, puisqu'un chat a neuf vies, le Melmac Cat avait décidé de vous octroyer neuf « chroniques marsiennes », neuf histoires étranges, mystérieuses, étonnantes, ou tout simplement personnelles à propos de la ville de Marseille. Mais la magie du 9 n'a pas fonctionné cette fois… Quand on cherche on trouve c'est bien connu et une histoire en a amené une autre jusqu'à ce que se livre se décide par lui-même à se boucler, par la mort d'Arthur Rimbaud en somme dans un premier temps, puis par quelques fantaisies sur d'autres possibles qui auraient vu Marseille évoluer autrement.

Quant à moi, si chacun de nous, comme le chat, a neuf vies, alors je suis bientôt au bout des miennes. La mort a déjà rôdé à six reprises autour de moi, je n'ai pas vraiment vu son regard creux ni senti le courant d'air de sa faux sifflant dans l'éther, mais à plusieurs reprises j'ai eu le temps de penser que j'allais mourir. Nous mourrons tous un jour, bien sûr, et plus nous avançons plus les phénomènes étranges nous semblent familiers. D'où vient la mort ? Que veut-elle nous dire ? Pourquoi nous emporte-t-elle ? La croiser ici et là nous coûte cher, une nouvelle vie de perdue à chaque fois. Mais cela peut aussi nous rapporter gros, mieux comprendre qui l'on est, mieux savoir comment la repousser la prochaine fois, apprendre son langage, comprendre ce qu'elle n'aime pas. Se moquer d'elle, encore une fois, avant qu'elle ne remporte la partie.

Mon premier rendez-vous avec la mort je ne m'en souviens plus, j'étais un tout petit enfant. Je me tordais de douleur, d'après ce que l'on m'a raconté. C'était quelque part en Ardèche, dans un coin reculé au pied du col de la Chavade. Le médecin n'avait pas su quoi dire, on fit appel à un rebouteux, un guérisseur. Cela se pratiquait alors encore beaucoup dans les campagnes françaises. Je ne sais pas au juste ce qu'il m'a fait, si ce n'est que pendant plusieurs semaines j'ai dû porter autour du cou comme en pendentif un carré de tissu rempli d'ingrédients magiques et mystérieux. Je n'ai jamais su quoi, tout ce que je sais c'est que ma mère continue d'attribuer ma survie à ce guérisseur et à sa thérapie venue du fond des âges.

Un peu plus tard, je devais avoir dans les 8 ans, je me suis électrocuté. Le corps traversé de part en part, une main sur un mauvais robinet d'eau et l'autre sur un interrupteur défectueux. J'étais comme un personnage de cartoon en train de prendre le jus. Je sentais l'électricité me traverser et je ne pouvais plus me décoller, cela a duré une éternité et pour la première fois j'ai senti la mort rôder. Mon père m'a arraché de là, je sais que ce jour-là je lui ai dû la vie une deuxième fois.

Bien, bien plus tard, avec Ellen, mon épouse, nous étions dans un avion au-dessus de l'Atlantique, au milieu du grand nulle part, quand un moteur de l'avion a pris feu. « *Certains auront remarqué*, annonça le commandant au micro, *que nous venons d'effectuer un virage à 180 degrés. Ne vous inquiétez pas, il n'y a aucun danger, un de nos quatre moteurs a pris feu et, Paris étant encore un peu plus près que Miami, il est préférable que nous fassions demi-tour* ». Personne n'est mort ce jour-là, mais tout l'avion y a pensé, chacun se taisait, renfermé dans son angoisse.

Nous en sommes déjà à trois…

Une autre fois, j'ai subi une collision à un carrefour de rues, la nuit en ville. Ma voiture d'un coup s'est envolée et s'est retournée, et pendant qu'elle retombait j'ai pensé, la tête en bas, « *ça y est cette fois c'est fini* ». Il y a eu le choc, puis j'ai détaché ma ceinture et je suis sorti de la bagnole, à quatre pattes, indemne.

J'ai eu droit à un cancer aussi, on m'a opéré, et j'ai repris ma vie. Mauvais souvenir, je ne souhaite à personne d'en passer par là, l'angoisse devient votre compagnon de route, plus sombre que la mort elle-même.

Puis j'ai attrapé le « coronavirus » de 2020, le Covid-19 qui a fait si peur à la planète entière, j'ai été « positif », je suis de redevenu « négatif », je ne sais même pas s'il faut la compter, cette fois-là. Si je la compte, nous voici à 6. Plus que 3.

Ce que je veux dire, c'est que je ne suis pas un « surhomme » ni un « survivant », il m'est arrivé des trucs qui arrivent à tout le monde, on se retrouve tous une fois ou l'autre face à la mort. La plupart du temps, c'est elle qui joue d'esquive. Elle a le temps, elle sait qu'à la fin elle nous emportera avec elle, quoi qu'il advienne. Mais le fait est que la vie est pleine de ces moments étranges, en suspension, où tout pourrait se terminer sur un coup de dés. Peut-être est-ce pour cela que j'ai voulu écrire ces textes. Parce que dans la banalité du quotidien s'immiscent les indices d'un mystère qui est le sens de notre existence. Quel mystère ? Celui de la fin, celui de notre mort. Si l'on est attentif, l'on s'aperçoit que la mort nous balance des clins d'œil, nous fait des signes tout au long de notre vie. Elle est joueuse. Elle nous attend en souriant. Elle nous demande peut-être de ne pas nous inquiéter, de ne pas avoir peur…

Et maintenant, si je fais le compte il me resterait donc trois vies. Trois, c'est encore énorme… Alors, en attendant la dernière, comme il était écrit sur les flippers de mon enfance : *Same player shoots again.*

The Melmac Cat
Liste des parutions

001 – *L'illusion du belvédère*, Patrick Coulomb (2016)
002 – *La porte des dragons*, Patrick Coulomb (2016)
003 – *#TCDJ, Le titre con du jour,* collectif (2016)
004 – *Plan de Campagne*, Stéphane Sarpaux – co–édition avec Gaussen (2017)
005 – *La liste d'attente*, Robert P. Vigouroux – co–édition avec Gaussen (2017)
006 – *Fun TV Club, l'intégrale* (2017)
007 – *On l'appelle Marseille*, Patrick Coulomb – co-édition avec Gaussen (2017)
008 – *Marseille, an 3013,* collectif – co-édition avec Gaussen (2018)
009 – *Docteur Miam*, Patrick Coulomb (2018)
010 – *Une collection de monstres*, Patrick Coulomb (2019)
011 – *Star*, Sébastien Doubinsky (2019)
012 – *Le feu au royaume*, Sébastien Doubinsky (2019)
013 – *Orenœn*, Patrick Coulomb (2019)
014 – *Que vienne le temps des dragons*, Patrick Coulomb (*La porte des dragons* + *Orenœn*) (2019)
015 – *Il était une fois dans la bibliothèque,* collectif – co-édition avec Gaussen (2019)
016 – *La théorie des dominos*, Sébastien Doubinsky (2020)
017 – *Le chemin le plus court n'est pas la ligne droite*, Patrick Coulomb (2020)

018 – *Pestilence*, Bruno Leydet (2020)
019 – *Voyages immobiles en temps de confinement*, collectif – co-édition avec Ramsay (2020)
020 – *14 histoires de musique(s) à Marseille*, collectif - co-édition avec Gaussen (2020)
021 – *La femme qui mangeait des fleurs*, Guillaume Chérel (2021)
022 – *Sketchbook #01*, Boloniaise
023 – *Julia, une île*, Olivier Boura (2021)
024 – *La porte des dragons, livre 1 & livre 2*, Patrick Coulomb (réédition)
025 – *Surf*, François Thomazeau (2022)
026 – *26 mai 1993*, Giovanni Privitera (2022)

The Melmac Cat
Liste des collections

Melmac / Ailleurs(s)
L'illusion du belvédère - Patrick Coulomb
Vienne le temps des dragons (vol. 1 *La porte des dragons*) – Patrick Coulomb
Vienne le temps des dragons (vol. 2 *Orenoen*) – Patrick Coulomb
Pestilence, Bruno Leydet
Julia, une île – Olivier Boura
La porte des dragons, livre 1 & livre 2, Patrick Coulomb (réédition)

Melmac / Esprit Noir
Le feu au royaume – Sébastien Doubinsky
Star – Sébastien Doubinsky
La théorie des dominos – Sébastien Doubinsky
Le chemin le plus court n'est pas la ligne droite – Patrick Coulomb
La femme qui mangeait des fleurs – Guillaume Chérel

Melmac / Pop
#TCDJ, Le Titre Con Du Jour - collectif TCDJ
Fun TV Club, l'intégrale
Docteur Miam - Patrick Coulomb
Une collection de monstres – Patrick Coulomb
Sketchbook #01, Boloniaise

Melmac / Poésie
Surf, François Thomazeau

Melmac / Marseille
26 mai 1993 , Giovanni Privitera

The Melmac Cat
Parutions à venir

Le Pays – David Humbert
L'éveil du Philalèthe – Jérémie Morançon

Illustration de couverture
et illustration intérieure
photos © Patrick Coulomb
Création graphique et maquette :
© The Coolpop Agency

*The Melmac Cat vient d'une autre planète.
Ses collections sont ouvertes aux récits de fiction
et de genre, aux chroniques et à la poésie urbaine.
Et au reste, bien sûr.*

-

Sous la voûte céleste, ou autre.

MERCI
THANKS
GRAZIE
GRACIAS
OBRIGADO
SPASIBA
DANKE
TAK
TODA
CHENORHAGALOUTIOUN
CHOUKRAN
JERE JEF
ASANTE
XIEXIE
NAMASTE
ARIGATO